リーガル"ハイ"SP

胜者即是正义 特别篇

〔日〕古沢良太 百瀬忍 著 丁丁虫 译

人民文学出版社
PEOPLE'S LITERATURE PUBLISHING HOUSE

著作权合同登记号　图字 01-2015-7624

「リーガル ハイ SP」

图书在版编目(CIP)数据

胜者即是正义. 特别篇/(日)古沢良太,(日)百濑忍著;
丁丁虫译.—北京:人民文学出版社,2015
ISBN 978-7-02-011318-7

Ⅰ.①胜…　Ⅱ.①古…　②百…　③丁…
Ⅲ.①长篇小说-日本-现代　Ⅳ.①I313.45

中国版本图书馆 CIP 数据核字(2015)第 320799 号

责任编辑:**张海香　于　壮**
特约策划:**陶媛媛**
装帧设计:**汪佳诗**

出版发行　**人民文学出版社**
社　　址　**北京市朝内大街 166 号**
邮政编码　**100705**
网　　址　**http://www.rw-cn.com**

印　　制　**山东临沂新华印刷物流集团**
经　　销　**全国新华书店等**

字　　数　**105 千字**
开　　本　**787 毫米×1092 毫米　1/32**
印　　张　**4.5**
版　　次　**2016 年 7 月北京第 1 版**
印　　次　**2016 年 7 月第 1 次印刷**

书　　号　**978-7-02-011318-7**
定　　价　**32.00 元**

LEGAL HIGH

胜者即是正义

特别篇

本小说改编自播放于2013年4月的富士台电视作品《胜者即是正义特别篇》，内容上存在若干变动及原创情节，敬请知悉。

控告学校，索赔1亿日元！！
幕后黑手和微笑的女教师……
隐藏的真相和法官的阴暗

歌声今天也随风飘散，在蓝天下沿着平稳的山棱线流淌出去。平时的下午，只要有合唱团的练习，就会出现这样的场景。距离东京不远的兔之丘市兔之丘中学，学校合唱团的学生们放学后总会在校园里练习合唱。

"与伙伴们一同行走在光明的兔之丘中学"

校舍中垂挂的巨幅幕布上赫然印着这样一行标语。大门前的岩石上刻着六字校训：友情、和谐、博爱。值日的学生身着运动服，在合唱团的歌声中清扫校训石周围和校门前的区域。参加社团活动的学生们在跑步，回家的学生谈笑着走出校门。一派平凡的放学景象。

"好，就这样——缓——缓——"

合唱团顾问藤井南老师仔细倾听学生们的歌声，适时进行指导。

♪……这个地球承载着世界的希望……

"深情的、深情的……听周围的声音……"

挥动着指挥棒的南老师也逐渐热情高涨。歌曲随之进入了和声部分。

♪现在正是打开未来之门的时刻……

“好！悠然舒展！——就像这蓝天一样！——”

南老师伸展开双手，仰望天空。

就在此时，一个黑色物体从天而降，重重地摔在南老师身后。

“咦？……”

合唱团的学生们全都愣住了，站在原地动弹不得。南老师慢慢转过头，看向声响传来之处。

“在那儿……”

一个男生用颤抖的手指出方向，南老师战战兢兢地走过去，只见地上横卧着一个身穿学生服的男生，脸朝下趴着，一动也不动。

南老师迈不动腿，反射性地抬头望向屋顶。屋顶上的人——都是南老师担任班主任的二年级C班学生——青山瞬等四个人，正在探出脑袋往下看。

她再一次望向倒地的男学生……原来是——她班上的小暮和彦。

南老师成了第一报案人，她怔怔地站在医院的重症监护室里，沉默不语。和彦被送进医院，命是保住了，但意识尚未恢复，浑身插满管子躺在床上。校长、还有以青山为首的初二C班四人组——高木健人、佐佐冈耕介、金森信，都一声不吭地低头站在病房里。青山长得五官端正，在班上也是引人瞩目的那一类，剩下的三人却没有什么值得一提。金森戴着眼镜，和其他两个都是青山的好友，看起来都很老实，没什么特别之处。

突然，病房的门被重重地推开，冲进来的是和彦的母亲，名叫秀美。她听说消息后，从兼职的地方直奔了过来，身上穿的衣服表面还起着绒球，里面的衬衫和卫衣看起来也是便宜货，脸上的妆花了，头发在脑后束成一个髻，但也蓬松着快要散开。看来她是火速赶来的，什么都没顾上。

“和彦！”

“我是班主任藤井南。”

南老师当即垂首道歉，但秀美看都没看她，就跑去儿子的病床前。她茫然地注视着一动不动的和彦，不知所措。

“和彦！和彦！”

秀美悲恸的声音敲击着病房中的每一寸空间。

“幸好只有腿和肋骨骨折，没有生命危险，真是奇迹。”

校长在秀美的身后开口说了这么一句。

“意识呢？”

“意识……还没恢复。”

南老师满面沉痛地回答了秀美。

“……跳楼，到底是怎么回事？”

对于秀美的这一提问，南老师和校长，包括青山他们都没有回答。病房中一片死寂。

“据说他和同学在天台上玩，说起有没有人能跳到连接对面那栋楼的游廊上，然后和彦说他可以……结果没能跳上去，所以掉了下来。”

南老师解释道。

“……是和彦自己说要跳的吗？……”

“应该是的。”

“他们五个人经常一起打闹，关系很好，唔……不过这次的玩笑有点开过头了。”

校长走向青山他们几个，一边轻拍着青山的肩膀一边说着。

“玩笑……开过头了？……”

秀美声音颤抖着问。

“真是不幸的事故，我们非常抱歉。”

校长不痛不痒地说。

“你们几个，道歉了吗？”

南老师提醒学生们认错，她也想尽快收场。

“对不起。”

四个人一同低头，齐声道歉。

“医药费方面，会由我们学校提供的保险承担。总之呢，大事化小，小事化了吧！”

对于校长的这番话，秀美露出难以置信的表情。校长并没有理会秀美，走近病床，掀开和彦身上的被子一角。和彦的右手露了出来，那上面缠满绷带，仿佛浸透了痛楚。校长温柔地握住那只手。

“和夫同学，坚持住……”

“是和彦。”

南老师小声地提醒。秀美看向校长的表情满是惊愕。

“和彦同学，坚持住！大家都在学校等着你呢！”

秀美一直屏息听着校长睁眼说的瞎话。她的两手紧紧拽着陈旧的大手提包，浑身哆嗦不已。

青山四人一出病房，顿时显出轻松的模样。

“吃碗拉面再回去？”

“好啊，好啊——”

这几个学生差点就要欢庆他们的麻烦总算结束了。南老师看着这副场景，不禁一阵诧异。

“都在胡说什么呢，还不赶紧回家！”

是是——四个人随意地回应着，只有青山一人回头看了病房一眼，目光中仿佛带着憎恶。

“是被他们欺负了吧……”

病房中，秀美正声泪俱下地抚摸着和彦的头发。

*

“令人震撼的威慑力，充满了愤怒的目光，然而同时也渗透出深深的悲伤……”

法院的审判庭上，黛真知子正在独力为一场民事诉讼辩护。芳龄二十五、在律师界可谓初出茅庐的黛，庭审风格依旧，身着素色套装，脚上的黑色短袜搭配朴素的黑色浅口无带皮鞋。不过，律师世界并非按资排辈，而是胜者为王、凭实力竞争的社会。

一句话，胜者即是正义。黛所属的古美门律师事务所老板古美门研介常常这样对她说。古美门是无敌的常胜将军。但在人格上毫无值得尊敬之处。

黛独自燃烧着她的正义感，日复一日地战斗。

“醍碌寺传承的《不动明王图》是一副无可置疑的名画，正因为如此，这片土地上的每个人，都为它年复一年的褪色而悲伤。”

法庭里的显示屏上出现了证物照片。古老的屏风图上绘制着微微泛青的不动明王。

“田沼幸吉先生也是其中之一。”

黛走近证人席，鼓励似的站到田沼幸吉的身边。田沼已是七十八岁高龄，戴着红色贝雷帽，脖子上绕着同一颜色的披肩，像是定位为艺术家的风格，然而他的一脸沮丧正与花哨的着装形成鲜明的对比。

“所以他才主动义务承担了该作品的修复工作。凭借他三度入围板桥区绘画竞赛的实力……有了这样的结果。”

黛将显示屏画面切换至另一幅证物照片。新出现的图画，应该算是毕加索风格还是乱涂一气呢……总之和原来的不动明王毫无相似之处，变成了十分搞笑的模样。不动明王的威慑力消失了，就像是幻化为一个全身蓝色的可爱版吉祥物。这场审判已经成为媒体连续数日的专题焦点，备受瞩目，旁听席上多数都是蜂拥而至的媒体报道团。

“这幅画是被涂鸦毁坏，还是修复稍稍过度？我想是见仁见智的。但是，各位千万不要忘记，田沼先生的修复尚未结束。如果住持没有强行中止，而让他继续工作的话，或许就会出现戏剧性的变化。说不定与原图一模一样的不动明王就将在我们眼前重现！对吧，田沼先生？”

对于黛自信满满地提问，当事人田沼却显得没什么信心，忧心忡忡地神游着。天啊，我究竟是在为谁辩护啊?！黛差点要脱口怒吼：你给我好好打官司!

“田沼先生!”

黛提高了声调。

“啊，是，是的……”

田沼猛地一下子回过神来，慌乱地回答道，简直像是上课打盹的学生遭到老师怒斥而惊醒时的反应。黛没有管他，继续说：

“也请各位千万不要忘记，这是一位民间艺术家的善意行为。”

好，拿下！黛满意地看向法官，眼神似乎在问：怎么样？

于是，判决下来了：

“一、被告赔偿原告五千万日元，且自2012年11月20日起，每年支付欠款百分之五的利息，直至款项付清为止。二、诉讼费用由被告承担……”

……败诉了。

“又要被挖苦了……”

黛趴在桌上，使劲儿地挠着自己的脑袋。法庭上的一位画家全神贯注地将这一幕画在了纸上。

*

湛蓝的万里晴空，宏大的全景画面，冰冷而澄澈的空气——

别府敏子一路滑过滑雪场，身后描出一道美丽的雪痕。俯瞰过去，法国阿尔卑斯地区积雪覆盖下的连绵山脉尽收眼底，身边也没有其他滑雪者的身影。别府愉快地往下滑，却听见身后山腰附近传来滑过斜坡的轻快声音，有个人正好在她身后，和她形成了你追我赶之势。别府一边加速滑雪，一边侧目打量，只见身边是一位身穿黄绿滑雪服的男子。不一会儿，那名男子终于拉开了距离，超过她飞驰而去。

不错啊——

就在别府感叹的瞬间，那男子在她眼前失去了平衡，一头栽进积雪里。别府吃了一惊，紧急刹住，慢慢靠近倒在地上爬不起来的那名男子。

“要紧吗，Monsieur？”①

别府摘下护目镜，迎着刺眼的晴空与白雪，眯眼用法语问候。男士动作迟缓地起身。

“以前我曾经参加过越野赛，这次是一不小心滑过头了。”

摘下护目镜，别府发现这是一位日本人，而且看上去比自己的父亲年纪还大。别府心中不禁一阵惊讶。

“您是日本人？”

“Oui，Mademoiselle.”②

哈哈哈！自称名为服部的男子说完便大笑起来，笑声响彻整个滑雪场。

“您不要紧吗？”

“没事，我的同伴就在附近。”

“那我扶您过去。”

别府让服部搭在自己肩膀上，扶着他走过去。

“啊，就是他。”

---

① 法语：“先生？”
② 法语：“是的，小姐”。

刚走了几步，别府就看见一个身穿黑色滑雪服的男人站在前面，仿佛正仰望附近的群山。专业滑雪服非常合身，恐怕是位滑雪高手吧。

“今天的马特洪峰也很美啊。”

男士用法语嘟囔着，回过头来。只见他的头发梳成精准的三七分，在强烈的日光下闪耀着光辉。他就是名律师古美门研介。

“不好意思，这是您的同伴吧？”

别府对古美门说。

“是我事务所的员工。”

“他可能扭到腰了。”

“……是这位小姐帮了我一把。”

服部说。

“这真是不好意思了。虽然不知道您是哪位，但口头言谢实在不能表达我的感激之情，正好大跳台关闭了，我也无处打发时间，您可否与我一同前往我所下榻的酒店，邀您共进晚餐？那里的鹅肝、芝士火锅，还有简直像是油菜花烤出来的果酱煎饼，都是上好的佳肴。不知您意下如何？”

古美门连珠炮似的发言在气势上压倒了别府，后者连开口的机会都没有，唯有点头表示同意。

“好了，服部，别愣着了，快来帮我解下滑雪板！”

古美门勉强在滑雪板上站到现在，已经撑到了极限，快倒下去了。

“是，遵命！”

服部慌忙赶过去，替古美门解滑雪板。

“请问，您的腰……”

对于别府的询问，服部笑容可掬地扭头回答：

“嗯！已经完全没事了！”

这到底是怎么回事？别府心中思量……就在这时，响起了手机铃声。

“先生，是黛律师打来的。”

服部从自己的口袋里取出手机递给古美门，古美门看也不看直接挂掉，还给了服部。

“请设置为拒绝接听。”

然后，他转头看向别府。

“不好意思，我们走吧。”

虽然古美门说得彬彬有礼，但这时候的别府已经没有任何兴致，只是她正好住在同一家酒店，于是决定与这奇怪的二人组一起下山。

*

嗞——嗞——嗞——

震动着的电话被挂断了。

“……喂，混蛋！”

黛使劲将电话扔向墙壁。

“我是不是该去一趟白马[1]啊……”

黛是被留下来给事务所看门的。她重重地躺进沙发里。这时候响起了电话铃声，黛无奈地起身接电话。

“您好，这里是古美门法律事务所。”

电话另一边的声音，听起来极为憔悴……

*

两天后，别府坐在酒店大堂生着火的暖炉前，一边喝红茶，一边办理退房手续。

“Merci beaucoup[2]。”

前台服务生送来刷卡底单，别府刚道完谢，还在喝红茶，耳边又传来了那个令人烦躁的声音——

“昨晚被你踩到的这只脚还肿痛难当，我正在考虑向你索赔精神损失费并以故意伤害罪起诉你！”

古美门单脚缠着绷带，大声嚷嚷着走过来，还很夸张地拄着拐杖。的确，昨晚别府是踩了他一脚……

“这是对你的猥亵行为所采取的正当防卫，我甚至可以以强

---

① 日本的白马村，位于长野县，北阿尔卑斯群山中海拔最高一段的山脚下，是 1998 年冬奥会的主要场地，是冬季运动的理想场所。

② 法语：非常感谢。

奸未遂罪起诉你。”

这男人真是太不像话了。别府不假颜色地回了一句。被古美门这么一闹，大厅里所有客人的目光都集中在了别府身上。

“你连续两天来到我的房间，开了四瓶玛歌酒庄佳酿，居然说你没那个意思？这种蠢话你觉得有人会信吗！”

就在古美门坐上沙发扶手时，别府正好将喝完的红茶杯响亮地放回杯盘中。

“是否有人相信，我们到法庭上再争吧？”

“真有意思，看来你还不知道本人是谁。”

古美门霍地站直了身体，脚上果然无恙啊。

“我知道啊，自以为有钱就能得到一切的混蛋嘛！”

“你本就是来勾搭男人的，却目光平庸，根本看不出谁是优秀的男人。你又觉得自己有多美呢？在我看来，脸蛋65分，身材40分，性格不及格……”

话音未落，别府就一脚踩上了古美门没穿鞋的那只脚，也就是说，细高跟又一次狠狠地踩在了昨夜踩过的同一个部位。

“痛●◆★■！！”

“哎哟，抱歉。”

别府说的时候根本没有看古美门的脸，她让服务员为自己披上雪白的皮草外套，然后高跟鞋踩在地板上一路发出响亮的声音出了门。

“又踩同一个地方！……我会告你的！”

古美门一边在沙发上翻滚着哇哇乱叫，一边看向坐在对面的那些欧美女人们修长的细腿，一个翻身坐了起来。

“还是换个目标吧，高雅的法国姑娘们……”

尽管室外一片皑皑白雪，但酒店中却有很多衣着单薄的金发美女，她们或是坐在沙发上，长腿从迷你短裙下伸出来，两腿挑衅一般地上下互换着位置，又或是扭着那如模特儿似的纤纤细腰走在大厅之中……绝佳的景致！就在此时，有个女人径直向着自己飞快地走来。那一身找工作的毕业生才会穿的灰色套装，那一双包着小腿的黑色半长袜，脚上是一双走了十万八千里早就穿旧了的黑色平底鞋……还有绝不可忽视的罗圈腿。

“……这是噩梦吗？”

古美门凝神注视着眼前的这位人物。

“你好。”

这个人来到跟前，抬起一只手，用法语打了声招呼，对古美门嫣然一笑。

“虽然很像，但我还是祈祷来的是个罗圈腿的法国人啊。”

可惜这并非幻觉，而是如假包换的黛真知子。她一左一右抓住古美门的肩膀，一点一点向上拔起，让他站了起来。

“电话打不通，所以我直接过来了。我们回日本吧。有一件案子，无论如何都希望您能接下来。”

黛笑嘻嘻地抓起古美门的手腕，后者也嘿嘿傻笑着，跟着黛抬起了脚……

“拒绝！而且，你被开除了！”

古美门的表情突然转变，甩开了黛的手，手指直指着她。

“甜心”套房里配有按摩浴缸，还有无所不能、服务周到的服部，本该是一段无与伦比的悠闲假期——古美门神情古怪回到房间后，服部诧异地问：“怎么了？”他顺着古美门手指的方向往后看去，只见黛正迈着两条罗圈腿紧跟上来。

古美门三下五除二地脱下衣服，迅速泡进了按摩浴缸。满是泡泡的浴缸外便是在眼前展开的壮丽雪景。古美门浸在温暖的泡泡浴里，目光眺望雪景，口中品着香槟美酒。人生如此，夫复何求！他举起玻璃杯，服部即刻斟上了第二杯酒。闭上眼睛，深深地品上一口，那刚才不绝于耳的聒噪声音难道是错觉？啊，不对，不是错觉。黛一直站在浴缸前，叽里呱啦没完没了地讲述那桩案子。

“中学生的欺凌问题吗……”

服部替代古美门倾听黛的发言。

“听说和彦同学至今仍然昏迷不醒，也不知道以后能不能醒来……但校方却想当成意外事故来处理。”

穿着土里土气的外套，提着土里土里的包，黛就这副样子拼命地向古美门诉说。

“你还是只会把病菌带过来啊。”古美门看着黛，站起来。泡在浴缸里的他全身赤裸。服部慌忙用手上的托盘遮挡住了古美门的下身，几乎与此同时，黛一个转身，背对着他。

“受欺凌的一方也有问题嘛。”

“这是不对的！”黛仍然背对着他，抗议道，“为了掩盖问题，隔离受害的一方而保护加害的一方，这是日本教育中根深蒂固的黑暗！”

“又启动晨间剧女主角模式了！我最讨厌小屁孩和学校了。”

说起来，古美门对欺凌之类的问题的确完全没有兴趣，他本来就很讨厌集体生活。黛应该早就了解他的性情了。不管她是多么充满正义感的晨间剧女主角，也至少应该意识到和自己的不同吧——烦躁的古美门再度站起来。

服部急忙再度用托盘遮住他的重要部位，而黛满脸不高兴地再次转身。

“如果你非要让我接下来，那就带一千万，不，带两千万现金过来！”

古美门高声嚷道。

“委托人早年丧夫，靠着在便当店打工挣的那点钱才一手把儿子……”

“比起小屁孩和学校，我更讨厌穷人！”

古美门毫不犹豫地把话说绝了。但，这就是古美门研介惯有的态度。他往浴缸里沉入了一点，直到水没到鼻子下方。他咕噜咕噜地在黛面前吐着泡泡。

“律师先生……帮助受苦的人，会得到金钱买不到的快乐。”

“不可能！”

古美门一口否定，伸开双臂，搭在浴缸的边缘上。

“看来只有黛律师您亲自接手了？”

说话的时候，为防止古美门再度激动得从浴缸里跳起来，服部拿起托盘挡住了黛的眼睛。

“我也想啊……可是我没把握打赢官司。”

“百分之一百二十赢不了！”

对着垂下肩膀很是失落的黛，古美门斩钉截铁地说。

“所以我才跑来法国低声下气地来求您！您就接了这案子吧！”

“不要！不要！我正在度假！”

古美门就像撒娇的小孩子一样，双腿在浴缸里上下交替地拍水。

“这地方和长野的白马村没什么区别嘛！”

“哪里像白马村了？！完全不一样好不好！”

古美门又站了起来。

“白马村啊！怎么看都是白马村！白马！”

黛一边转身一边继续反驳。

“吵死人了！我的律师费是两千万。你去替我告诉那些付不起的穷人，要么忍气吞声，要么只能找你这样的四流律师一起冲锋陷阵，最后被人一窝端，连渣都不会剩！”

古美门说完光着身体直接从浴缸里走出来，回到卧房。服部将手上的托盘换成了浴巾，跟了过去。

“我替他们垫付。”

“你还敢用这一招?！不要忘了，你还欠着我几辈子都还不请的债！”

古美门觉得，这么一说她应该不吭声了吧……

“……这附近有赌场吧?”

黛突然嘟囔了一句。

“什么?”

古美门躺在了沙发上，服部把浴巾盖在他的腰间。

“服部叔叔，您能教我怎么玩吗?”

“好！我以前曾在拉斯维加斯做过发牌手。”

服部笑容可掬地颔首说。说起古美门事务所的这位服部，那可是积累了世间一切经验、拥有谜一般过去的男人！在他的字典里，没有不可能。

不管了，不管你们了。你们俩自己玩吧。古美门决定置身事外。

黛与服部结伴走在夜晚的街路上。伫立在雪原夜色之中闪耀着霓虹的建筑物就是目的地，他俩站在大门口。

“进去吧。”

“好。”

黛与服部互相点头示意。她迈开罗圈腿，向门里走去。这家赌场奢华至极，黛的一身打扮在这里显得格格不入。不过这又有什么关系呢？

黛先挑战了一局百家乐①，本想赌一把传说中属于新手的好运气……

结果却很费劲……

“百家乐好难啊……”

黛回到古美门的套房，灰心丧气地坐了下去。

“那当然了，笨蛋！”

古美门此时正舒服地躺在沙发上吃着色拉，一脸鄙夷地把一颗水萝卜扔进嘴里。

“对了，服部，不如我们去向校方提议做他们的辩护人吧？说不定校方会开个好价钱呢。”

面对古美门的建议，服部默默地把公文包翻了过来，把里面一叠叠面额一百两百欧元的钞票哗啦啦地倒在桌上。

“……咦？”

古美门发出了怪异的声音。

“只赢了十五万三千六百欧元……”

黛长叹一声。

“换算成日币就是一千八百一十二万四千零三十日元。据说是这家赌场自开张以来的最高奖金额，我还是第一次遇见赌博才

---

① 法语：baccara，一种扑克的玩法。

能如此之高的人啊。”

服部对古美门说。

“没办法，不足的部分只能让秀美女士自己出了。”

黛说话时仍然垂头丧气。

“沿着这条道路发展吧！这条路才能发挥你的才能啊！”

这不是比当律师赚得多太多了吗？虽然古美门的建议发自真心，但黛完全无视，笑嘻嘻地站了起来。

“好了，古美门律师，我们回日本吧！然后重生为捍卫正义的律师！”

她牢牢抓住古美门的两只手腕，把他从沙发上拽起身，然后顺势举了起来，那气势仿佛要直接举着他回日本。古美门虽然能言善辩，却手无缚鸡之力，浮在半空中双脚乱踢的同时还不忘嘴硬。

“服部，请用马特雪峰的万年积雪把这家伙给我埋了！”

“……那是犯法的。”

服部冷静地告诫古美门。

*

黛带着满是嫌弃的古美门回国后，一起去拜访了委托人秀美。意识尚未恢复的和彦仍躺在重症监护室里。

“小和，律师来了哦。他们会帮我们打官司呢。”

秀美上身是一件花格衬衫，外罩一件灰色卫衣，她对着病床上的和彦说道。

“和彦同学，听得见吗？”黛翻开被子，握住和彦缠满绷带的手，“古美门律师打官司从来都没输过，他一定会为你讨回公道的……”

正当黛介绍古美门律师的时候，却发现没了他的身影。看了病房一圈才发现……古美门正在门外搂住一位年轻护士的肩膀，哭诉脚上的疼痛，他那只脱下了鞋袜的光脚正蹭着护士小姐的小腿。

“我很担心骨头是不是裂了呢，你摸摸看？”

古美门毫不顾忌地对护士撒着娇，很明显，后者已经一脸为难。黛走过去，对准护士面前那只脚的脚背，狠狠地扇了一巴掌。

“啊啊……哟！”

古美门哇哇叫着跳了起来，黛连拖带拉地将他带回秀美和和彦的身边。

“请握着和彦同学的手，和他说说话！”

“免了。就算和他说话，他也不一定能听得见，而且，我向来不会去握初中男生的手。”

古美门的措辞完全不顾及现场的氛围，他一屁股坐上病床准备穿袜子。黛急忙把他赶下来，理了理床单。古美门蹦跶着去了近旁的椅子边，虽然上面放着秀美的环保袋，但他毫无顾忌地一屁股坐上去，穿好了他的袜子。

“夫人，您有什么证据能证明和彦同学在学校遭到了同学的欺负？”

古美门问道。

“没有……这孩子平时什么都没说过……”

黛一边听着秀美用几近耳语的声音回答，一边赶紧把古美门从椅子上拉了起来。

“那请问，您认为他受人欺负的根据呢？”

“……因为……”

秀美一时语塞，黛替她接了下去——

“和彦同学从小就恐高，连人行天桥都过不了，和同学们开玩笑从屋顶上跳下来这种蠢事，他是不会做的。”

“初中男生们都是蠢蛋。”

“请注意用词！”

黛立刻提醒他。

“……您要是觉得这只是我个人的揣测，可能也没错……但是我相信我的直觉，因为我是他的母亲。”

秀美谨慎的语气中带着作为母亲的确信。

“……我们会尽快提起诉讼。起诉对象是学校、作为加害人的那几名少年及其父母。”

黛正就诉讼进行说明时，古美门打断她，更正道：

“不，加害人及其父母拿掉，只起诉学校。”

“咦？按理我们应该三方都起诉才对啊。”

“按什么理？！”

古美门冲着黛断然地坚持道，随后转身望另一旁甚是不安的秀美。

“受害索赔一亿日元，如何？再加一千万，赔偿您自身的精神损失。”

“这么多？”

秀美瞪大了双眼。

“可以去买下你打工的那家便当店，自己做老板了！最后，我衷心祈盼令郎能尽快康复。”

古美门的手环绕过秀美的肩膀，送出飞吻之后，迅速离开了病房。黛慌忙跟在他身后走了出去。

“没关系，和彦同学一定会康复的！”

黛在走廊上跟上了古美门，嘴里仿佛自言自语一般嘟囔着。

“他要是好不了，我们就输定了。”

古美门说话时仍然目不斜视，径直迈着步子。

“……啊？”

“欺凌诉讼案，远比你那贫乏的小脑袋所能想象得更艰难！”

古美门扔下这句话，以更快的步速走了出去。

*

宽敞的事务所里，三木长一郎律师正坐在办公桌边深深叹息，手里握着嵌有纱织照片的相架。照片里一双圆溜溜的眼珠注视着三木，还有蔷薇色的脸蛋儿……一切都是那么可爱，令人难以忘却。

你怎么就这样离我而去了呢，纱织？

你可是我独一无二的小仓鼠……

三木满怀怜爱之情地抚摸着照片，这时，秘书泽地君江走进来。

“客人来了。”

顺着一身红裙的泽地回头的方向，年轻的下属井手孝雄律师将委托人带了进来，是兔之丘中学的校长以及兔之丘市教育委员会的会长。

三木坐在沙发上接待他们，看了看诉状。

“我们进行了仔细的调查，未曾发现存在欺凌现象。”

会长开口说道。

“欺凌之类的说法，实在令校方震惊，还请您一定低调处理，能够息事宁人最好……”

校长接着说出这句话。

三木的脸上浮现出不悦的表情。

“很遗憾，息事宁人可能会比较困难。对方的律师是个最喜欢兴风作浪、煽风点火、唯恐天下不乱的家伙。我们只能和他斗到底。”

在“致东京地方法院民事部”的诉状上，“原告诉讼代理律师”一栏内写着古美门研介和黛真知子的名字，而原告则是从屋顶跌落的小暮和彦及其母亲小暮秀美。

会长和校长听了，都一脸不安。

“请两位放心，对方并非我们三木长一郎律师的对手。我方对古美门律师的辩护方式可谓了如指掌。”

泽地奉上咖啡后，悠然坐在三木所坐沙发的扶手上，淡淡地说了这样一句话。

“哦，那么胜负比例如何？”

会长的提问让三木的表情立刻变得僵硬。

“和古美门的交手是几胜几败来着？”

三木假装糊涂地与泽地相交换视线。

“好像一次都没赢过……”

井手说着，正想要得意地站起来，三木狠狠拍了一下他的脑门，让他闭嘴。

泽地说道：“不是几乎都赢了吗？”

“记忆中不曾输过。”

三木与泽地相视而笑。

“本来这种欺凌诉讼案就没有过校方败诉的案例！等着看对方律师一败涂地吧！”

三木向会长和校长承诺道。

啪嗒啪嗒——深夜的办公室里响起剪指甲的声音。每次三木的指甲长了，都会让泽地替他剪掉。

“您准备让哪位来负责这个案子呢？”

泽地问三木。

“我…我愿毛遂自荐！虽然我资历尚浅……”

面对干劲十足的井手，三木和泽地都视若不见，继续着之前的对话。

“我想让他来负责，就是那个新来的。”

三木无视井手，微微一笑。泽地的双目中也闪耀起光芒：“就是那位众望所归的重磅新人？”

“这会是一次很好的历练吧。”

“恕、恕我直言，对第一年的新人来说，担子实在是有点重，而我在您手下已经积累了足够的经验，现在便足以打倒古美门……”

井手虽然紧贴不放，但三木和泽地却已经拿起了外套和手提包，准备下班。

“今天吃意大利菜怎么样？”

“来一顿久违的寿司如何？”

“好，好，听你的。”

三木正要开门，突然回头问井手：

“……你叫井头，是吧？”

“我叫井手……”

“走之前记得把灯都关了。”

三木与泽地结伴离开，剩下的井手垂下肩膀，心中郁闷：老板到现在还没记住我的名字吗？

*

“Q1：您觉得您的学校（班级）里存在欺凌现象吗？”

“A1：我觉得看到过	1%
我觉得可能看到过	1%
我觉得没看到过	95%
我觉得可能看到过，不过也可能弄错了	3%”

黛念着校方提供的《兔之丘中学欺凌实况调查结果》，眉间紧锁。

“含糊不清的提问和模棱两可的回答！这种粗糙的问卷还有脸说是实况调查！”

怎么可能通过这种东西看出校园欺凌的实际情况！对于校方的草率调查，黛火冒三丈。再看古美门，他正坐在拼命翻阅资料的黛面前，享受着懒觉之后的早餐。虽然已经日上三竿，他却仍穿着睡衣，外面罩着一件睡袍，凌乱的头发暗示了他不堪的睡相。顺带提一句，他那一身睡衣和睡袍都是服部精心挑选的高档货。

“学校是为了老师而存在的，绝不是为了学生。校方自我保护是理所当然的。”

就在古美门一边说话一边咀嚼着嘴里的烤薄饼时，外面传来了门铃声。

“有客到。”

服部来到大门，把三木和泽地带了进来。

“打扰你用餐，真是不好意思啊。”

“我们又见面了呢。”

三木和泽地就像在自己家一样……并排坐在了沙发上。

“这个国家的律师事务所只剩下你我两家了吗？”

古美门一脸厌恶地抱怨。这是第几回和三木对决了？简直是宿敌！他是古美门迄今为止对战最多的律师了。

“我们事务所负责这起案子的律师说，无论如何都想和你打个招呼。”

“他刚当上律师没多久，是个初出茅庐的新手。”

对于三木和泽地的发言，黛迅速回应道——

“你们要让刚入社一年的新人负责吗？”

“居然找个满脸粉刺的小毛孩来做王牌，看来你们也没人可使唤了呢。不过真是可怜啊，新人出道的首战居然遇上了我这个世界冠军，今后的职业前景怕是要一蹶不振了吧……”

古美门脱下睡袍扔在一边，摆好拳击手的姿势正准备挥拳的时候，一位年长的男士从外面慢悠悠地踱步进来。他头发斑白，蓄着优雅的胡须，目光犀利……年岁与服部相仿，单从外表看，就非等闲之辈。

"我是敕使河原，也就是您口中的新人。"

敕使河原作自我介绍时，声线低沉稳重，极有气派。古美门和黛都看呆了。

"一点小小心意，还望笑纳。"

敕使河原拿出一个麻袋，袋口露出的像是某种鸟的腿。

"这是？……"

服部接过去的时候问道。

"这是山鸡，昨天打到的。"

"打…打到的？……"

黛怀疑自己是否听错了。

"就在秩父[1]那里，砰的一枪，"敕使河原说话的同时，摆出端起猎枪瞄准猎物的姿势，"这是我个人的一点兴趣爱好。"

"真是一只壮实的大山鸡啊，子弹还留在里面呢。这是六号弹吧？"

服部从麻袋中取出山鸡。

黛望着已然断了气的山鸡，强忍着不适挪开视线。

"哈啊，您也玩这个？"

敕使河原的眼睛中闪耀出光辉。

① 秩父市，位于日本关东地区琦玉县西部。

“以前，我在阿拉斯加猎过海豹。”

这一番交谈，服部与敕使河原两人不俗的气概尽显，简直不相伯仲。

“古美门律师，我们今晚就煮山鸡火锅吃吧。”

服部看向古美门说道。古美门虽然穿着睡衣、头发凌乱，但总算慌忙地反应了过来，竭力展示出一副从容有余的态度面对敕使河原。

“您就是古美门律师吗？久闻您的大名，今日一见，幸会之至啊。”

敕使河原悠然向古美门伸出手。古美门一边努力维持着自己的从容，一边伸手，回应对方握手的邀请，但是……

“痛……痛……”

敕使河原握手的力道不禁令古美门大叫起来。

“嗯……这种感觉啊。只要握一握手，我就大概能知道对方是个怎样的人了，您的手……对了对了，很像米克·贾格尔啊①。”

“米克·贾格尔？……”

黛疑惑地问道。

“我以前曾邀请他来过日本演出。”

“敕使河原律师之前开过多家公司，涉足各行各业，在每个行业都颇有成就。”

---

① 此处指滚石乐队主唱。

泽地如是介绍。

“我已经厌倦了挣钱。”

敕使河原不慌不忙地坐进沙发。

三木接着介绍：

“敕使河原律师年近六十，突发奇想地挑战新鲜事物，于是参加了司法考试，结果一次就通过了。”

古美门平时坐惯的沙发被敕使河原占去之后，不得不在他的旁边站着。

“运气好罢了。不过，古美门律师，律师还真是个不错的职业呢，无论是新人还是老手，但凡站上了法庭，就成了一名战士。我现在开始已经热血沸腾了。”

敕使河原满面笑容地抬头看向古美门。

“那得要注意您的血压了。”

古美门在桌边坐下，跷起二郎腿，直视着敕使河原。

“让我们尽快进入正题吧，校方希望庭外和解。”

敕使河原也径直迎上古美门的视线，说起了正题。

“和解金的数额也愿意最大限度地给予满足。”

“但是，我们不接受‘欺凌’这项罪名。”

泽地与三木补充之后，黛向前跨出了一步：

“不行！秀美女士正是因为无法原谅校方毫无诚意的态度才发起诉讼的！我们坚决不同意和解。”

“这位小姐真是声势撼人，还请您手下留情。”

敕使河原感慨地说道，同时站起身来向黛伸出了右手。

“啊，我姓黛。”

黛也回礼握过去。

“哦哦，这双手好像……对了……麦当娜……不对，布兰妮……和某个人一模一样啊，我想不起来那是谁了。”

“不是麦当娜吗……”

像麦当娜应该不是什么坏话吧？黛的脸上浮现出豪迈女的微笑。

就在敕使河原起身离开沙发的一瞬间，古美门趁机一屁股坐了过去占住位子，声音抬高八度地说道：

“敕使河原律师，我作为前辈在此先奉劝你一句。要和我谈和解，你还早了三十年。”

“三十年吗？啊，那我不长寿可不行了。”

敕使河原放声大笑。

“方便的话，我这就为各位准备午餐了。”

服部提出了留客吃午餐的建议。

“不用不用，我们这就告辞了。”

敕使河原起身准备离开。

“那么我们法庭上见。”

古美门也站了起来，一句“赶紧给我滚”差点儿脱口而出。

“恕我一介新人，想必会给您添麻烦呢，还得烦请您不吝赐教。”

敕使河原向大门走去的途中，经过餐桌，从摆好的盘子里拿起一个三文鱼牛油果寿司卷放进嘴里。即便是这样的行为，他做起来也并无不雅，反而显得很有风度。

“好厨艺！”

敕使河原向服部竖起了大拇指，与其相视一笑，然后带着窃笑着的三木和泽地不紧不慢地走了出去。

“这人谦卑的言辞和他周身散发出的强大的气场实在是不可思议的反差啊……”

“司法考试应该设立年龄限制。”

黛和古美门虽然在气场上完全输给了敕使河原，但仍以不服输的目光送走他的背影。

*

终于迎来了第一次的法庭辩护——

古美门和黛进入东京地方法院的民事法庭，只见敕使河原已坐在了被告席的那一边。古美门等人的位子在原告席一侧，正要入座，只见敕使河原对他们莞尔一笑，也不知是出于礼貌地打个招呼还是故意威吓。

“怎么看都是大牌律师的气势啊……”

黛已完全陷入了不安状态。

“别被他的外表蒙骗了！”古美门故意高声地说道，顺便将外套脱下扔在了一边。

“别看他一把年纪，不过就是个背着书包蹦跶着刚上一年级的小学生罢了，对我来说，赢他完全不费吹灰之力！”

黛尽量让自己冷静下来，同时打开了笔记本。

“听书记官说，今天的法官也是新上任的，名叫别府敏子，是位女法官。”

“那就更好了，女法官更容易对受欺负的孩子产生同情心。这下胜诉就轻而易举了。”

正当古美门一阵窃喜地将脚跷上书桌，三名审判员穿着统一的黑色法官服，走进了法庭。

“起立！”

随着事务员的指令，庭上所有人都整齐地起身。古美门也慢吞吞地站了起来，瞥了一眼主席台。正中央那位正瞪着古美门的女法官大人……怎么那么眼熟……

就是在法国滑雪场遇见的那个喝了我四瓶玛歌酒庄佳酿的女人！古美门的脸一下子僵硬了，立刻转身背对别府，朝黛看去。

“怎么了？”

“我们输了……”

古美门挤出一脸滑稽的表情，坐了下去。

“啊？”

“现在开庭——”

就在黛歪着脑袋表示不解的时候，别府宣布庭审开始。

别府的神情与她一袭黑色的法官服格外相称，那样子似乎在宣称，自己绝对会公正不阿。

*

“和彦同学现在正在拼命地抗争，之所以会发生这样的悲剧，责任全在容忍欺凌事件的校方！这是一起恐吓伤人事件，说它是杀人未遂，都不过分！”

古美门的辩护打从一开始就势如破竹，滔滔不绝。他走到旁听席上正要打盹的记者面前，大声陈述。那名记者被吓得乱了方寸。

“法官！”

敕使河原举起手，打断了古美门连珠炮般的陈述。

“被告律师，请讲。”

别府示以许可。

“今天只是来确认诉状内容吧？可是原告律师已然开始陈述观点了。”

的确如敕使河原所说，当日所谓的“庭辩”，主要是为了确认双方事前提交的书面资料。

“的确如此。原告律师，请不要再多发言。”

别府开口制止古美门。

“法官阁下，我所说的一切，都是让大家认识到本案的重要性。”

古美门向前迈出一步，强势地对别府表达自己的观点。他是知道审判步骤的，但是他也知道该如何进行特殊的表演。

“请勿发言。”

可惜别府无意理睬。

“这次庭审关乎当下全日本所有学校中正在发生着的欺凌事件……”

“我叫你住口！”

就在古美门闭上嘴的时候，敕使河原即刻开口：

“另外，原告律师涉嫌滥用煽情词汇……我认为这是极其危险的手法。”

“我也有同感。”别府点头赞同，“古美门研介律师，你在法庭上的态度似乎有些过于自由了。或许其他法官可以容忍，但在我的法庭上是不允许的。请你严守法庭上的规则和道德。今日就此退庭。”

别府语气坚定，一脸冷静，死板得像一块能面[①]，三言两语宣布了退庭。法官离席之后，敕使河原及旁听众人也都陆续离开。

“好像彻底惹火她了啊。”

黛向着身体还在颤抖的古美门走去，从他背后将脸凑过去，小声嘀咕道。

---

① 日本能剧中的面具。

“这法官废话真多！”

古美门对着证人席上的麦克风，抬高嗓门对黛命令道：

“去把我的忍者找来！”

*

是夜，加贺兰丸来到古美门法律事务所。他是一个没什么工作的演员，眼下受雇于古美门，专门当他的密探，在暗地里活动。他就是古美门口中的“忍者”。

“兰丸，我要你打入兔之丘中学内部去收集情报。”

“交给我了！”

兰丸意气昂扬地一口答应。很快换上学生装，啃起面包喝起牛奶……

“你这干劲是不错，不过，你扮不了转校生吧！”

古美门敲着桌子站起身来。兰丸的容貌虽然依然很年轻，但实际上也是快到三十岁的人了，外加身材高挑，发型又很时尚，看起来实在不像中学生。

旁边的衣架上挂着各种各样的服装，服部从中另挑了一件。

“那就去足球社团当临时教练。”

这次兰丸换上了一身球衣，服部及时将一只球传了过去。

“可是我只要踢上两脚就露馅了啊……”

正如兰丸自己所说，两脚之后，球就远远地飞了出去。

古美门抱住了脑袋。

“这次要派他进去潜伏怕是不行了。学校那边想必也会加强戒备。”

他们就这样你一言我一语地讨论着，黛在旁边看着，偶尔也会插一两句话。不过没过多久，她就开始在镜子前窸窸窣窣地捣鼓着什么。

……

“没准我能行！”

黛穿好了一身水手服，浮起满面笑容。

“行你个——头！”

古美门即刻用手上的羽毛球拍“嗖——”的拍了一记羽毛球过去，直接命中黛。

“这可不是去玩！”

“但是，很难找到欺凌事件的证据啊。”

服部感慨道。

“欺负人的人可能并不觉得自己做错了……回想一下，我有时候会觉得自己当年也有可能欺负过别人。”

服部对兰丸的话报以同感。

“你的性格那么糟糕，没有被人欺负过吗？”

黛问古美门。

“没有啊。谁要是敢欺负我，我就会用尽一切手段外加五百倍奉还。”

古美门一边回答，一边挥舞竹刀。

“那倒是……”

黛也这么觉得。

“你怎么样？大肆标榜正义啰里八嗦烦死人的班委，很可能成为大家攻击的对象吧？”

“没有啊，我也算是安全度过。唔，不过硬要说被欺负的话，被人在拖鞋里放过纳豆，还有一坐上椅子就被胶水黏住，还有修学旅行的时候被大家丢下，一个人在京都观光之类的……除了这些，差不多就没被欺负过了。”

“那岂不是被人欺负得很惨吗！”

古美门向黛投以怜悯的眼神。

“那是被欺负吗？”

黛一脸茫然的笑容。

“是啊。”

兰丸表示赞同，仿佛很同情黛的遭遇。

“原来我也被人欺负过啊……”

黛到底是豁达的，被欺凌似乎对她没什么影响。

*

另一头，敕使河原来到了三木的办公室。

“大概是五年前吧，在大雪山，我的同伴将它逼到绝路，然后‘砰’地一枪，正中脑门。”

三木一边让井手手里拿住梅花鹿头部的剥制标本，一边向敕使河原炫耀。

“太厉害了。”

敕使河原感叹了一句。

“古美门律师八成会千方百计搜集学校里的情报。我已经安排好加强校方的戒备了。”

泽地语气平静地说完之后，敕使河原却表达了自己的不同看法。

“不用。无论怎么戒备，也防不住所有的学生。”

“那要怎么做呢？”

“干脆大方邀请，如何？”

“邀请？”

“这样好吗？到时候肯定会被他弄到几张好牌吧。”

三木也担心地嘀咕。

“不妨，只要我们盯紧，知道他捡走哪些牌就可以了。而且，我们为之辩护的那所学校应该问题不大。”

敕使河原似乎胜券在握。

*

饱受屈辱的第一次庭辩过后数日，古美门接到来自被告的联络，邀请他们前往兔之丘中学。

我讨厌孩子，讨厌集体生活，讨厌学校，还有，最讨厌早起——古美门一句接着一句地抱怨着，一边说一边往兔之丘中学方向行进。当学生们穿着校服或运动衫轻松地走进校园的时候，古美门和黛则是满怀警惕地走进了校园。

“敌人的胆子很大，该不会是陷阱……吧？”

黛不自然地放低身体，好像要躲过学生们的视线。古美门则采用了几近匍匐的姿势，一点一点挪了进来。两人看起来都很古怪。

“我想回去了！”

“不行！”

“你看看，所有人都穿着同样廉价的运动衫，被强制进行集体活动，这简直就是一座监狱！刚才那孩子竟然在裙子下面穿了运动裤，还戴了头盔，他们到底想干什么？”

在穿着校服的女中学生前面，古美门刚开始口不择言。校长和井手一起走了过来。

“两位久等了。”

听到话音，黛和古美门立刻挺直了身板。

“您想参观哪里，想找什么人问话，都没关系，这里的一切都是自由的，请随意。”

校长向着教学楼的方向伸手，示意整个学校在迎接他们。古美门二人正准备迈步时，井手突然拿出了手持摄像机。古美门怒目而视，井手却嬉皮笑脸地说：“啊，别介意。”

首先带他们去了二楼的教职员办公室。

“早上好！”

“真是辛苦二位了。”

教师们满脸堆笑地纷纷聚了过来。古美门和黛一下子有点不知所措，二人姿态僵硬地站在门口。

“请这边坐，我去给您倒茶。”

一位女教师将他们带到接待区域的沙发处，然后教师们一起跟着围了上来。

“这次事件真叫人心痛不已。”

一位男教师站在他们面前，似乎是痛心地咬住了嘴唇。

“今后必须严禁大家上屋顶。”

副校长眼看着好像快要哭出来了。

“就是就是。”

又一位女教师一脸沉痛地表示同感。

“小暮同学一定会恢复健康的，对此我们深信不疑。”

“两位想知道究竟有没有发生过欺凌事件，对吧？不过我们这里肯定不会有这样的现象。”

教师们你一言我一语地说着，黛不停地点头回应，古美门则一边听一遍翻白眼。

上课的铃声响起，校长便催着古美门和黛一同出发，说要带他们去二年级 C 班看看。

“二年级C班正在上体育课，我记得男生是篮球课，女生应该是排球课吧。”

体育馆里，恰如校长所说，正在上体育课，男生在打篮球，女生在打排球。

“怎么样？一起过去出出汗，好吗？”

“不，不必了。”

古美门不假思索地拒绝，却被黛从身后大力推了一把，于是不得不站到了体育馆的场地上。

“喂！”

古美门怒视着黛，质问她到底想要做什么。

“拉近和学生之间的距离，会更容易沟通嘛。”

黛这会儿已变身为女子体育运动员般活力满满。有人递来了运动服，上面还整齐地粘着名牌，分别是“2C古美门”和“2C黛”，于是他俩被混编入了二年级C班的学生们之中。

“削球！”

黛压低身体摆好姿势，接住了从对面飞过来的发球。队友继而托球传回，经由她的一记扣杀，一个漂亮的高速球直接扎进了对方的场地，刚好压在边界线内。

“好！”

女学生们大声叫好，黛与队友同学互相击掌庆祝。

不知是否受到了黛身手敏捷一战获胜的触动，古美门涌起了一股干劲儿。

“随便玩玩？”

古美门站在男子篮球队中，英姿飒爽地开始用手运球……不，没运起来，弹了一下，篮球就不知所踪了。结果变成，学生们一脸惊讶地看着古美门在他们面前像小孩子拍皮球一样地“运”着球，总算开始投篮……球飞出去的方向却不是前面，而是身后。

“漂亮，再来一球！大家集中，集中，来！”

黛的声音已经在排球赛的场地上处处闻。队友网前拦截扣杀得分，她喊出一句：“由美子，漂亮的扣杀！”已然完美地记住了全部队友的名字，还相互拥抱，相互赞扬，打成了一片。

而另一边……的篮球赛场上，古美门拼命地满场奔跑，那样子有点像阿钦[①]在跑，球越过了他的头顶，在队友们之间相互传来传去。

“喂喂，传给我！嗨！好！漂亮的射篮！下一球是我的！嗨嗨，把球给我！嗨，来嘛！我一直都等着！嗨！”

尽管他的声音一直没断过……但当下课铃声一响起，古美门

---

① 萩本钦一，日本综艺“超级变变变”的主持人。

就第一时间跑向了体育馆外。

“哇啊——”

古美门蹲在一边开始哇哇呕吐了起来。一位勤杂工老爷爷走过来轻拍他的背部。

“您没事吧？”

古美门接过纸巾的动作毫不遗漏地被井手录进了摄像机中。

结束了一天的课业，迎来了放学前的班会时间。古美门和黛所在的二年级C班教室，室内挂着一幅标语，写着“坚强不屈的内心是我们共同的目标”。

随着第六堂课结束的铃声响起，学生们将椅子反扣在了课桌上，一起移到教室后方的那块空地。古美门和黛再一次听到了桌椅摩擦地板发出的声音，距离上一次听到这种声音已经时隔多少年了？

“有点回想起当年青涩的感觉呢……”

黛眯起了双眼，仿佛想到了什么值得怀念的东西。

“我只能想起抹布的味道，还擦过什么人吐出来的牛奶。”

古美门扭着嘴巴胡言乱语。

“啊，两位好，我是班主任藤井。”

微笑着走进来的是藤井南。这位女教师身材苗条，个子高挑，看上去像个新人，年纪大约和黛相仿。

“打扰了，我们是律师，我是黛，他是古美门。”

南老师用令人舒畅的微笑回应黛的点头致意，随后转向学生。

“那么，今天我们来唱《给我一双翅膀》。”

南老师拿起指挥棒指向学生们，学生们就在教室后的空地上集合，齐声回答：“好——”

“哦，我兼任合唱团的顾问老师，所以我们班的课后活动是练习合唱。”

南老师再次转向黛和古美门解释道。

“真不错啊！”

“不介意的话，你们可以一起唱。”

“好啊好啊！”

黛与南老师达成一致意见。

“不行！你得了吧，绝对不行。”

古美门急忙阻止黛。

“都是为了和学生们建立更为亲密的关系，是策略。”

“是会破坏一切的策略。”

黛对自己的破坏能力并不自知，她将拎包交给古美门，加入了学生们中间。

南老师按下了唱片播放器的播放按钮。

“开始喽。同学们，请展示出你们的微笑。”

南老师开始挥舞指挥棒。

♪现在，我的愿望如果能实现……

学生们的歌声传了出来。接着，南老师的指挥棒指向站在正中央的黛。后者似乎正期待着这一刻，她开口唱了——古美门在胸口画了一个十字，迅速捂住了耳朵。

为了不被黛那超级可怕的发声带跑调，学生们拼命努力找调地唱着……

♪……展开翅膀～飞翔～

“好了，大家都唱得很棒！”

南老师的脸上浮现出由衷的微笑，带头鼓起掌来。学生们的掌声也跟着响起。黛满带着一脸天真烂漫的笑容，与大家一起拍手。

“黛小姐唱得真好！”

赞扬声来自队伍里的女学生。

“大家也都唱得很好！合唱果然会让大家融为一体啊！”

黛并没有细想学生们的真正意思到底是什么，只是单纯地热情地回应，随后回到了古美门身旁。

“看，不是很顺利吗？”

古美门不屑把脑袋歪向一边。

“接下来，这两位律师有话要和你们说，所以耽误大家一点时间。二位请。”

南老师说。

“真知子！——”

学生们中间传出掌声和欢呼声，黛俨然已经成了受学生欢迎的焦点。

“谢谢！谢谢！我、我是律师，我姓黛。”

黛害羞地挠着脑袋，站到了讲台边，面向着学生。

“小暮同学受伤一事已经闹上法庭，我想大家都知道了吧？嗯，可能有些话不方便在这种场合说，所以呢，一会儿结束之后，再找你们聊吧。”

听完黛的发言，南老师立刻微笑着回应：“不用客气，请尽管在这里问吧。我们班上同学们之间都是坦诚相待的。”

“……还是等结束了再说吧。我能向同学们发名片吗？”

“当然了。”

“如果有什么话要对我们说或是想问我们的，请随时联系。”

古美门以冷峻的目光看着黛给学生们发名片，忽然，他的视线转向讲台上方，那里贴着六字校训：友情、和谐、博爱。他的目光更加冷峻了。

“对了，机会难得，能请你来给我们上一堂特殊的课吗？”

南老师突然向黛提议。

“不不，上课我不行……”

黛谢绝了，但南老师一直带着微笑鼓掌，学生们也跟着热情高涨。

“这样啊，那就没办法了啊。”

黛挠着头走上讲台，一句“既然如此”刚说出口……就被古美门两手一推赶下了讲台。

“各位，请注意。那我就来教各位一堂课，希望你们都能够记住这堂课。”

古美门慢慢地拿起一支粉笔，在黑板上作势要写一个很大的字。到底会是什么字呢？黛、南老师和学生们的表情都流露出几分疑惑。

他写了一个大大的“人”字。

“嗯，‘人’这个字，是靠人与人之间的相互支撑而形成的……”

古美门两手作出一个“人”字状，接着刚才的发言，突然来了个一百八十度的逆转，大声喊道：“这么想就大错特错了！”两手继而交叉成一个“×”。

“它是一个象形文字，是一个人双脚着地站立时的样子！人都是孤独地出生，孤独地生活，最终将会孤独地死去。”

对于古美门的措词，黛满脸明显的不愉快。

“中学时代的朋友和人际关系，在今后的人生里几乎毫无用处！不仅如此，人生还会因为这些无聊的友情和乡情而被束缚住，这些只会成为阻碍人生自由的腐朽枷锁！我说得再直接一点，你们这个班级就是一坨屎！你们就是一箱烂橘子！单单在这个教室里待着就让我快要吐出来了！”

古美门手指对着台下的学生们一一点过去，一个都没落下。学生木讷地呆在了原地，注视着古美门。

“既然说了让我不要客气尽管问，那就恕我直言了。青山瞬、高木健人、佐佐冈耕介、金森信，你们是怎么把小暮和彦从屋顶上弄得摔下来的？你们平时是怎么欺负他的？”

他将双手背在身后，站在四个学生面前，一个一个地瞪过去。

“律师，您的说话方式有点……”

黛试图阻止，但是古美门的气势根本势不可挡。

“我只告了学校，并没有告你们，这是我们的仁慈。因此，你们既不会被处罚，也不需要支付赔偿金！所以，请你们毫无保留地告诉我事情的真相。”

四个人仍然低着头。

“如果你们撒谎或是隐瞒实情，那么，从现在起，我会拼尽全力地让你们坐上被告席！”

古美门抓住青山的校服衣领。青山虽然被他抓住，但也不退缩地用愤怒的眼神还击。

“律师！”

黛赶紧阻拦，但古美门完全不听。

“不光是你们，还有你们的父亲！不知道他们还能不能像现在一样正常去上班了！你们的母亲也不知道还能不能和左邻右舍好好打交道了！其他人也一样！”

“别说了！”

黛终于大声喊了一句。就在古美门住口的一瞬间，南老师趁机开口：

“古美门律师，青山他们几个孩子确实有点调皮，但本质上都是爱朋友重感情的孩子。小暮很内向，他们常常主动搭话，让小暮不至于感到孤单。是吧，青山？”

“……我和和彦是好朋友，”青山回答道，“从屋顶上跳下来，也是他自己提出的……如果我们当时拦住他就好了……那个傻瓜……”

青山哭着说道。于是南老师伸出一只手搭在了他的肩膀上。

“……我想班上所有人都是同样的想法，小暮是我们大家重要的伙伴，一直都是，往后也会是。”

所有学生都同意南老师说的话。

黛被打动了。但古美门抬高了下巴，撅起了嘴，用鄙视的语气扔下最后一句：“你们还想唱歌的话，请继续。”

*

回到事务所的古美门，双脚踩得地板咚咚作响，然后一屁股重重地坐进沙发。餐厅里，虽然服部已经备好一桌佳肴，但古美门和黛仍在争论。

"她不是一位很好的老师嘛!"

"太好了!好得我都要吐了!"

"你到底不满意她哪一点呢?"

"她那矫揉造作的笑容，还有音乐剧明星般的说话方式!就是因为她制造出来的那副假模假样的氛围，那个班级已经完全沦为童话世界了。"

"童话世界?"

古美门一边说，一边学南老师挥舞指挥棒的动作——

"也就是说，所有人都被那位冒牌朱莉·安德鲁斯伪善的笑容洗脑了!"

朱莉·安德鲁斯在电影《音乐之声》扮演了一位音乐老师，从"哆来咪"开始教孩子们唱歌，并把他们培养成了一支出色的合唱团。在南老师的身上，也的确有种刻意挥舞指挥棒的感觉……

"洗脑?这么说也太夸张了吧。"

黛反驳道。

"你好好想想，事情都发展到了这个地步，却依然没有任何人把欺凌问题当回事!所有人都一脸阳光灿烂地唱着歌!你不觉得大有问题吗?"

"……所以，我都开始怀疑了，欺凌事件真的发生过吗……或许，也有可能并没发生过呢。"

"你醒醒吧!"古美门在黛的眼前猛打了好几个响指，"这就是我说的洗脑！”

他看起来气坏了，一边鼓着腮帮子拼命咀嚼服部准备好的食物，一边大声地渲泄。

“羊肉的味道如何？”

服部一如继往恰逢其时地给他们的酒杯补上一些红酒。

“美味！”

黛还以为古美门是在回应服部的询问，却听见他抬高音量高叫道：“没错，就是羊肉！”

“啊？”

黛歪着脑袋看他。

“所有学生都是她圈养的羊！而且，你今天也成为了其中的一头！”

“……但我真的不明白啊……我完全不觉得他们是在撒谎啊。”

“你说对了，他们说的全都是内心的真实想法，这才是欺凌案诉讼的难点。”

古美门说话的同时一直咕叽咕叽地大口地嚼着嘴里的肉。

“但是，如果此行没有收获的话，就要改变策略了吧。”

服部说道。

“谁说没有收获？”

古美门放下刀叉，举着红酒杯反问了一句。

“难道弄到手了什么情报？”

黛不由得扬起脸。

“当然了，还是神不知鬼不觉地弄到的呢！”

古美门一脸的胸有成竹。

*

同一时间，三木律师事务所里，井手正用电脑播放着自己拍摄的录像。

♪在这后背上有着飞鸟一样的……

当画面上出现黛一展歌喉场面时，三木等人不约而同地捂住了耳朵，敕使河原则一脸疑惑地拨弄着喇叭。

“喇叭没坏，这就是她的声音。”

泽地向敕使河原解释。

井手则关掉了视频。

“耳朵简直受不了了，就先看到这里吧。敌方得到的情报全都是没用的。”

井手暗自得意地向大家宣布。

“一切都如敕使河原律师料想的那样。”

泽地也满意地微笑着。

“也就剩这点空间让他们折腾了。”

敕使河原的脸上也浮现出微笑。只有三木一脸严肃地移动着鼠标。

“三木律师？”

泽地叫了一声，也将目光转向了电脑屏幕。画面停在体育馆外古美门正吐得一塌糊涂的一幕。

“能把他的手放大吗？”

泽地按照三木的指示操作着电脑。然后看到……就在勤杂工老人给古美门抚拍后背的同时，古美门将什么东西塞进了前者的裤兜里。

“这是……”

泽地也感觉到了不对劲儿。

“恐怕是联络方式和零花钱吧！真是不能小看了他。”

三木紧锁眉头，凝视着屏幕。

“真有一手啊。”

敕使河原不禁露出了从容的微笑。

*

接下来的民事法庭上，古美门安排好的原告证人正是那位勤杂工老人，名叫林武雄。他穿着朴素的西服站在证人席上。

“林先生，您曾多次目睹小暮同学被人欺负，对吗？”

古美门提问。

“是的，他们围在他身边，打他、踹他，拿石头砸他。”

林武雄回答时的表情显得极其诚恳。

“那时候小暮同学是怎样的反应？”

“他连连叫喊着住手。”

“他们停手了吗？”

“小暮喊叫得越是厉害，他们越是笑得大声，下手也越来越重。”

“小暮本人看起来享受这个过程吗？”

“不，那是在欺负他。”

林武雄痛苦地摇头。

“非常感谢。我问完了。”

古美门回到座位之后，敕使河原作为辩方代理人起身。

“林先生，这当中，哪位是被欺负的小暮同学呢？”

敕使河原用手指向手中白板，上面是井手贴上去的学生照片，都是穿着校服的男学生，依序整齐地贴着，一共有六人。

“这……”。

林武雄看了一圈，思考了一会儿，然后……

“……是这个孩子。”

他指着其中一个胖乎乎的男学生，不太肯定地回答道，然而……

“这几个孩子都不是小暮同学。”

听见敕使河原这么一说，林武雄惊讶地“啊”了一声，瞪大了眼睛。

“反对！”

黛立刻举手站起。

“反对无效。”

别府即刻驳回。

“那么，请问，你说的欺负了人的孩子又是哪位？”

敕使河原继续提问。

林武雄看着白板思考了一瞬间，马上转向敕使河原，问道：“这几个都不是吧？”

敕使河原将白板上的青山等人一个一个点了出来：“这张、这张、这张还有这张，都是。”

林武雄窘迫地垂下了脑袋。

“我并非指责您的记忆力有问题。我非常理解您的心情。到了您这个年纪，看电视里年轻人的脸全都是一个模样。”

敕使河原对林武雄说说，神情中流露出真挚的同情。

“是的……我实话实说吧。我这把年纪了，学生们到底谁是谁，其实我分不太清楚。刚才是我一下子稀里糊涂了……对不起。”

林武雄似乎已被敕使河原击溃。古美门不胜羞愧地凝望向敕使河原，后者也朝他的方向看去，目光中仿佛在问他：我这一手如何？

“……好强的对手啊。”

黛小声地对古美门嘟囔。

"不强多没意思？作战模式切换，改为游击战。"

古美门挤出微笑，以目光迎战敕使河原。

*

"两个小时？"

一身迷彩装的兰丸在网吧前台付了费，摆出"得手"的手势，进到了网吧里面的小隔间，打开电脑，登入某个论坛，准备开贴。

"U 中学发生恶性欺凌事件　强迫跳楼事件闹上法庭！！"

写完他立刻点了"发布"按钮，然后开始写下一篇。

"受害少年仍昏迷不醒　U 市 U 中学发生欺凌事件"

如此连续发布。兰丸利用这两个小时不断地发着帖子。

*

早上，南老师和校长一同站在校门口向来上学的学生致以笑容和问候。

"老师，早上好！"

无论是不是二年级 C 班或是合唱团的成员，学生们都很喜欢南老师。

"小南，早！"

眼前跑过去的学生是南老师班上的井上香织。

“应该说：藤井老师，早上好。这才对吧？”

南老师当即抓住香织的手腕，握住了她的手。

“啊，香织，你又涂腮红了！”

“你就当没看见吧，我是为了盖住痘痘。”

发梢略卷，上装校服的袖口和下摆露出了里面搭配着的米色毛衣，下装是被剪短的裙子。单从这一身就能看出香织是当下典型的时髦女学生。南老师凝视着香织，香织则缩着肩膀等待着老师的下一句。

“……那就应该涂得更好看一点。”

南老师对着香织的手腕轻轻敲了一下。

“谢谢！”

南老师就是这样一位与学生关系亲近、十分理解学生的好老师。

学生们陆续进入学校。忽然，校门外一下子嘈杂了起来。发生了什么事？南老师抬眼看去，只见走进来的女学生身后跟着电视台的拍摄人员。

“你在学校里亲眼见过同学欺负人吗？”

电视台的采访记者将话筒对住女学生，更有些杂志社记者从后面追了上来。

“你们在干什么！”

副校长前去阻止。

“你们得到许可了吗？”

南老师也慌忙奔了过去。

“我们会给她们的脸部打马赛克的。”

记者一脸不耐烦。

“不是这个意思……”

“……难道您就是二年级C班的藤井老师？”

那名记者眼镜之后的双目顿时闪出锐利的光芒。

“啊？”

南老师不禁后退了一步。

“没错吧？”

记者狡黠地一笑。

“班主任在这儿呢！”

旁边的记者们一听到这对话，顿时从四周围了过来。

“能回答我们几个问题吗……”

一堆话筒从不同的方向一齐对向南老师，摄像机也给了她很大的特写镜头。

“别……别拍了！请把摄像机关了！”

南老师伸手试图遮挡镜头，拍摄却仍在继续，完全没有停下来的意思。

“让开！让开！！”

就在此时，几个女人插了进来。

“我要找你们校长。”

其中一位身穿白色外套、戴着眼镜的女士，看起来是这几位女士的代表，她从那群记者中闯出一条道，径直走到南老师身边。

“……请问您有什么事？”

“作为家长，我来问一下这是怎么回事？”

她从包里拿出一本周刊翻开来。

“能对我们解释一下吗？”

这位女性将周刊打开，一直摊到南老师的鼻尖。

“U市U中学　二年级男生遭遇欺凌　高楼坠落”

“强迫跳楼”

“被害学生尚未苏醒”

……

标题刊登了整整一页，十分醒目。此外还刊登了校长和会长的脸部照片、南老师的眼睛部位打了黑线的照片，以及C班几个男生郊游时被偷拍到的照片。

一瞬间，南老师感到全身的血液都倒流了。

*

校长和会长急忙赶到三木的事务所。

“课都不能正常上了，还有家长不让孩子来上学！”

“学生和老师的照片都在网上流传，到处都是。简直无法容忍！”

两人并排坐在沙发上怒气冲冲地说。泽地轻轻地拍拍他们的肩膀。

“冷静，三木律师应该已经说过，对方律师就是喜欢煽风点火。”

泽地弯腰将肩膀贴近校长和会长，两人一下子平静了——泽地胸口处露出的丰腴肌肤完全吸引了他们的视线。

“敌方这么做是想动摇我们的意志。请告诉老师和学生们，我们的兔之丘中学是很优秀的好学校，什么都不用担心。”

三木一边说着，一边在沙发上坐了下去。

“哦……”

校长仍在盯着泽地的胸口。泽地再一次轻拍他几下，挪步去了三木的身边。

“一阵子而已，过不了多久，媒体就会转换论调了。不过，我们必须注意班主任藤井南。那是敌方最想要的一张牌。”

“我们去巩固她的防线吧。”

敕使河原听着三木和泽地的对话，忽然从座位上站了起来。他将目光投向装饰在事务所墙壁上的鹿头标本，认真地凝视着。

“我想转守为攻了。”敕使河原双手插进裤袋，对着鹿头自言自语道。然后他突然转身对着三木的方向问道：“有什么好方法吗？”

“撒点诱饵引他们上钩？”

三木抿着嘴露出一抹意味深长的微笑。

*

这天的教工会议拖了很久，南老师回到家时已是晚上九点多。忙着应对媒体和家长，令她几乎精疲力竭。真想快点洗个澡钻进被窝。南老师沿着公寓的外楼梯爬上二楼，站在走道上，眼前的景象令她停下了脚步。

“不配当老师”

“默许欺凌的班主任就住这里”

“适可而止”

“开除”

“忏悔赎罪吧！”

“垃圾垃圾垃圾垃圾垃圾垃圾垃圾”

“你也跳楼去好了”

“有你这种老师的学校，还能送孩子去吗”

“还有脸回来”

“去死”

……

南老师的房间——203 室的门和墙壁上，密密麻麻地贴满了纸条，上面写满了诽谤中伤的文字。

南老师呆若木鸡地站在门前。这时候，身后传来一句“好可怜”的感叹，是古美门的声音。

“没空搭理这些。”

南老师故作轻松地一笑，开始撕墙上的纸。

“我说的不是你，而是你的学生。”

古美门的语气比平日更加地断然。

“据说青山他们几个学生的家里也一样惨。之所以会导致这种局面，责任都在于——你！”

古美门在公寓的走廊上大声喊道，嗓门之大使得左邻右舍甚至整栋楼的住户都能听到了。南老师咬住了嘴唇，撕纸的动作停了下来。

“然而，能为它画上句号的也是你。只要你承认曾经发生过欺凌事件，那么校方的责任就不容推卸。整件事就可以结束了！”

古美门靠在栏杆上继续游说。

“班上的同学们应该都已经说得很清楚，没有发生过欺凌事件。”

南老师微笑着回头。

“这就奇怪了。不管存不存在欺凌问题，一般表达集体意见的时候，都会有分歧。可是，你们班的所有师生却众口一词，简直就像是受了谁的指挥一样。”

古美门以自己的手指做指挥棒状，在南老师的面前挥舞了起来。

“你指的是，我在指挥？”

南老师的语气始终平静。

“请放开他们，让他们去表达自己的意见。”

呵呵！南老师将脸埋进撕下来了的废纸里，笑出声来。

“……你太看得起我了。”

呵呵呵！南老师看起来很开心地笑着，打开门，走进了房间里。

“我还没说完……”

古美门伸手去抓门把手，不知怎地，那把手竟掉了下来。他无奈地把它拿在手上，轻蔑地咂了下嘴。

*

古美门和黛被请进了东京地方法院的法官办公室。别府身着一件黑衬衫，外罩一件黑外套，就连便服也从头黑到脚，严丝合缝，给人以无懈可击的印象。

“被告代理律师和校方均提出了严正抗议，申斥你们的调查过于强硬，已然违反了律师的职业规定，今后，在与兔之丘中学的职员与学生进行接触时，请务必谨言慎行。”

别府表情严肃地怒视着两人，不，是盯着古美门一个人。

“你没有权力下达这样的命令。”

古美门交叉着胳膊，傲慢地仰坐进沙发，高声说道。他还直接把脚跷到了桌子上。

“我就算判你损坏他人财物以及非法侵入他人住宅未遂之罪，也不为过。”

别府不为所动地驳斥道。

“我们是被陷害的。连这一点都搞不清楚，你还好意思当法官?”

古美门站起来，将手上那只从南老师家房门上掉下来的把手“哐当”一声放在了别府的办公桌上。

“你说什么?”

别府的太阳穴突然跳动了一下。

“什么都没有说。我们会遵从您的指示!”

黛拽着古美门的手催他赶紧离开。

“开什么玩笑，这是明显的越权!”

古美门眼看就要揪住别府，然而……

“非常抱歉!”

黛抓住大声吵嚷的古美门，将他连拖带拽地拉出了别府的办公室。

“开什么玩笑！那种疯子也配当法官吗!”

走廊上的古美门仍在放肆地大声吼叫。

“你这是自找的！这种方法早就不灵了!”

黛刚一反驳，古美门就挖苦般地用手指向她。

“哟，你这是中了朱丽叶·安德鲁斯的魔法，站到对方那边去了吗？谁也没有欺负谁，是吧？”

“我没有这么说。我只想知道事实，想要让真相水落石出而已！”

黛不服输地顶了回去。

“事实怎样无所谓！我们的任务是要证明欺凌事件确实发生过，并且校方是知情的！”

古美门说着，快步走了出去，将黛扔在背后。黛对着他的背影大声地叫喊道：

“这么做根本无法杜绝欺凌事件！”

“杜……杜绝？”古美门讽刺似的堆起一脸笑容，三步并作两步地走了回来，“你是哪根葱啊？你是想要把这世上存在的欺凌现象都消灭干净吗？”

法院大厅的天花板上镶嵌着美丽的彩色玻璃，在这片彩色之下，争论再次展开。

“是啊，我就是想让这场官司成为向它迈出的第一步。”

黛说话时，目光中闪烁着无比认真的劲头。

“太叫人震惊了！……你还是到童话世界里和那些魔法师们战斗吧，多萝西同学！①”

旁边路过打扫卫生的清洁员，古美门从他的手推车里借来一把扫帚递给了黛。

---

① 多萝西，《伴随孩子成长的魔法故事》一书的作者之一。

“你才不靠谱呢，请别再和法官吵了。我们战场上的对手是敕使河原律师吧？”

黛拿着扫帚继续辩论。

“那你就快点去给我彻底调查那个老头子！一定要找出他的弱点。”

“我才不会做这种事呢。”

“那你还能干什么？你就是个派不上用场的废物！”

古美门再次用手指向黛，发起了脾气。

“这种事应该找兰丸……”

“你去搞定，这是命令！”

古美门两手在胸前比划出一个迷人的女性轮廓。

“用美人计勾引他，当他的情妇，把情报全都挖过来！干脆让他死在床上，那就更赞了！”

说完他头也不回地飞快离开。

“美人计……”

黛照着古美门刚才那样试着用手比划迷人的体型，不过她的胸部实在塞不进那个轮廓。

不，她的胸口是满满一腔正义，必须惩治蔓延在这世上的罪恶，拯救弱者！正是这份燃烧的使命感，使她成为了一名律师。然而……黛想起还在病房中沉睡的和彦以及不安地守护在一旁的秀美。为了帮到他们……或许偶尔也需要使上一次美人计？

*

这天晚上，黛来到了敕使河原的家宅门口。让人联想到比弗利山庄[①]的气派大门上挂着同样气派的名牌，上面刻着“敕使河原勋”。三木说此人迄今为止在各项事业上都取得了成功，看起来并非夸大其词。

虽然是晚上，但黛仍戴着太阳眼镜，唇上描着大红唇膏，身穿一件与唇膏同色的连衣裙，外披一件毛皮大衣，尽管已如此“精心装扮”，她还是被这座豪宅的气势吓着了。她取下太阳镜，凝目看向门内，只见大门前已备好了一辆车。

过了一会儿，敕使河原从家里出来了。坐进车里之前，一位看起来比敕使河原年轻几岁的优雅女人替他整理了一下领巾。汽车滑行般缓缓向大门方向驶来。黛赶紧将脸藏进大衣的毛领之内，躲了起来。

“请跟上那部车。”

黛急忙拦了一辆出租车，追了上去。

敕使河原的目的地是繁华的银座。车子在大马路上停下来，司机打开后座车门，敕使河原潇洒地下了车。刚迈开步子，就满面笑容地挥了挥手。那目光所看向的另一端……是一位身着白色

① 好莱坞影星聚居地，有“全世界最尊贵住宅区”之称。

外套的年轻女人，长发飘逸，举止妩媚，俨然情妇之流啊！待敕使河原走近之后，那女人笑颜灿烂地挽起他的胳膊，跟上步子。那一系列的动作实在是太过自然了……

黛在暗处连续按下了相机的快门。

黛回到古美门处，将一叠照片扔在了桌子上。敕使河原笑呵呵地与情妇手挽手，以及两人一起走进寓所的场景都清清楚楚地拍了下来。

"敕使河原律师学生时代就结婚了，夫人是社长千金，他是上门女婿，所以他在夫人面前一直抬不起头……"

古美门乐呵呵地边看着照片边听着黛的调查报告。

"他给这个当过他秘书的年轻女人买过一套房子，现在几乎每天都去那里……"

"不愧是猎手。"

服部也对黛的收获甚为赞叹。

"以你的水平而言，已经算调查得不错了。"

古美门的微笑已经转为大笑，黛却哭泣着蹲在了一旁："我可不是为了做这种事而当律师的！"

"这只老菜鸟，别以为一把年纪还能跑来当律师玩玩，看我如何让你领教这份工作的可怕之处吧！"

古美门嚣张地喊叫着，同时，大口大口地嚼碎了晚餐的鸡肉。

*

次日，古美门来到了飞碟射击场。敕使河原几乎每天都会花一段时间待在这儿。练习场上的小隔间一字排开，敕使河原在其中一个隔间里架枪瞄准，集中着全部的注意力。

“哈。”

“砰”地一枪，漂亮地击中了一只飞碟。

“真有一手啊。”

古美门在旁边的隔间开口说。

“……啊。”

敕使河原看到古美门，微微显出惊讶。古美门头戴猎装鸭舌帽，身穿羊毛夹克衫，手上是一副皮革手套，一身装扮洋溢着完美的时尚气息，试图以外表压过对手。

他完全不理会身后教练的指导，端着枪模仿起敕使河原刚才击落飞碟那一瞬间的姿势。

“哇啊——啊——啊……肩膀……肩膀脱臼了！肩膀!”

伴随着一声声惨叫，古美门翻滚在地。

肩膀被射击时的反作用力所伤，脱臼了！敕使河原立刻疾步上前。

“痛痛……痛。”

敕使河原抓住古美门的手腕，语气像是在哄小孩子，轻声说着："很快就不痛……了。"然后"咔嗒"一声，使劲儿扳了上去。

敕使河原坐在长凳上休息，品尝着自己带来的随身的壶装咖啡。正惬意的时候，古美门来到他身边。

"你要是太自以为是，太过嚣张，否则这东西就会满世界飞哦"。

古美门把黛偷偷抓拍而来的那些照片一张一张摆放在敕使河原面前的桌子上。

"趁早别扮律师，我觉得你可以约夫人来一趟温泉旅行，不错啊。"

古美门似乎忘记眼前这位正是刚刚治好了自己肩膀脱臼的恩人，在他得意洋洋大放厥词之后，敕使河原一边看着照片中抓拍下来的场景，一边感怀地说道：

"……我也曾那么想过……要是内人没有先走一步的话……"

"什么……？"

"她去世后，我失去了活下去的动力。那时候，一直给我鼓励我为我尽心尽力的只有她了……后来我才知道，是我的亡妻临终前嘱托她照顾我的……也因为她，我才能开始一段新的人生……"

敕使河原从口袋中取出手帕，擦了擦眼角。

"……失敬了。"

古美门被感动得快要哭出来了，什么也说不出来。

古美门一回到家就把照片扔了黛一身。

“这真是一段佳话啊！我都有点想为他加油鼓劲儿了！你这个蠢货！”

“那么之前看到的那位夫人是……”

服部问道。

“只是个保姆！”古美门回答服部，又怒斥黛，“你怎么会犯这种低级的错误！”

而那位接受寓所之赠的年轻秘书，则是敕使河原亡妻属意的续弦。

“我又不是专业的侦探。”

黛也愤怒了。

“没有和彦本人的证词，终究难以取胜，是吗？”

服部在一旁冷静地说了一句。

“现在立刻到医院去，几个耳光给我把他扇醒！要不然你拿胸给他摸摸，他就会和下半身一起爬起来了吧！”

古美门言辞低俗地怒吼。

“怎么可能！”

黛护着胸口反问。

“你真是一点用都没有啊！服部，我要睡觉了！上来给我唱摇篮曲！”

古美门噙着眼泪转向楼梯，奔上二楼。

*

如此，第三次庭辩之日来临。

当日，由敕使河原在民事法庭上进行问询，校长作为被告证人出庭。他就秀美迄今为止与校方之间的交涉提交证词，证明双方之间未能充分沟通。

“请问校方是否多次垫付伙食费？”

提到伙食费时，敕使河原如此问道。

“我们每次去请求小暮女士缴费时，都遭到她粗暴的拒绝，所以无奈之下……”

“也就是说，小暮秀美女士在校方看来是所谓的怪兽家长①吗？”

“反对！这是诱导性盘问！”

黛举手半站起身，别府认可了她的反对。

“反对有效。请律师更换问题。”

“……你这是什么意思？……”

突然，秀美在原告席上声音颤抖着站了起来。黛连忙抱住了她的肩膀，想让她坐下来，但是秀美并没有听从。

“你想说，这一切是我们为了钱而捏造出来的吗？”

---

① 《怪兽》是一部日本电视剧名称。Monster Parent，意为一次次对学校提出无理要求、妨碍学校正常管理的家长。

“请原告停止发言。”

虽然别府的语气很严厉，但秀美已然情绪激动，她甩开黛的制止，走出座位，朝校长走去。

“……开什么玩笑？……你们这种人也能为人师表？”

秀美大声抗议，眼看就要向着校长扑过去。

“我儿子现在还躺在医院里，不知死活！……我欠别人钱就是错吗！你想说谁是怪兽！你在胡说八道什么！”

最后怒斥校长的时候，她已经泣不成声。

面对眼前的秀美暴怒的一幕，别府冷冷地提议：“请您暂且退庭，可以吗？”

黛双手护着秀美的肩膀，带她离开了法庭。

古美门靠在椅背上，事不关己似的看着两人走出去的背影。敕使河原则以严肃的表情迎上别府的视线，行过一礼之后，重新回到对校长的问询之中。

“有关近来的学校欺凌问题，您有何看法？”

“现在只要一听说有欺凌问题，任谁都会歇斯底里地激动一番。但是，实际的情况却并非如此。重点是，我们需要根据每一件事不同的情况进行不同的处理。”

“对于本案，您又如何看待呢？”

“这是一场非常草率的争辩。是否该诉诸法庭？是否需要采取法律手段解决？对此我持有疑问。”

“确实，每个人都拥有起诉的权利。但是，有关学校和孩子们的问题，或许我们应该更为慎重地对待。”

古美门仍然保持斜靠椅背的姿势，略带微笑看着一脸认真的敕使河原。

*

秀美的兼职工作一结束，就马上赶来病房陪伴和彦，直到医院熄灯。家几乎只剩下睡觉的功能了。自从事件发生以来，她一直持续着这种作息。

秀美的疲惫也达到了极限。她在椅子上坐着打盹，两手搭在膝盖上，这时她感觉到有一只手触摸过来。

“……啊。”

惊醒后看向病床，只见和彦慢慢地睁开眼睛，正在取下氧气面罩。那目光虽然仍有些呆滞，却准确地捕捉到了秀美的所在。

“妈妈，这里是医院？”

移开氧气面罩之后，和彦开口说了这句话。

“和彦！”秀美唤着儿子的名字，紧紧地抱住了他。

当天晚上，古美门和黛也来到了医院。

眼前的病房里，和彦斜躺在病床上，秀美正在喂他喝粥。孩子的脸上还贴着大块护伤膏，看起来相当惹眼，不过手腕和手背上的绷带都已经拆下来了。

“你刚醒我们就来打扰，非常抱歉……”黛笑容可掬地提问，“不是你主动要求跳下去的，对吗？”

“……我想，我应该说了不想跳……”

和彦说完皱紧了眉头。或许是记忆还有些混乱，又或许是头痛难忍。

“可是青山说，绝对没问题，还说让我给他们看看我有没有骨气……”

“你是被他们强迫的，对吗？”

黛继续问道。

“……嗯。”

和彦无力地点头。

“之前你也一直被他们欺负，对吗？”

这一次，和彦什么都没说，只是表情痛苦地点了点头。

“太好了！”

黛不禁振臂欢呼，原地转身一周，而古美门则拍手鼓掌。两人很快意识到自己的举止不太妥当，于是控制了一下表情，恢复到正常状态。

“啊……不好意思，我们对你被人欺负深表同情。”

黛很不自然地继续刚才的话题。

“和彦同学，还有一点非常重要：你被人欺负这件事情，学校里那些老师们知道吗？”

和彦又一次点点头，没有说话。

“好！”

“这样一来就真相大白了！学校很清楚发生了欺凌事件，却放任不管。责任方非常明确！”

黛说道。

“和彦同学，我想请你上法庭作证。”

古美门表情严肃地看着和彦。

“等他再康复一点比较好吧？”

黛想要阻止，但古美门语气强烈地坚持道：

“受害人越是痛苦难当，就越有说服力。”

和彦看了秀美一眼，微微点了下头。

*

和彦坐在秀美推着的轮椅上来到了东京地方法院的民事法庭，他整个头部包在网格绷带里，胳膊用绑带吊着，腿则用绷带固定在L字形的木板上。

旁听席上的记者们，甚至连一般的旁听人员都瞪大了眼睛，而被告席上的敕使河原、井手以及校长、会长，都无言地注视着和彦。

在这异样的氛围中，和彦紧张地面对着别府。

“请将当天发生在天台上的事情描述一下”。

古美门说道。

“那天……”

不知是因为痛苦的记忆还是受头痛影响，和彦歪着脑袋开始缓慢地叙述。

那天放学后，和彦被青山一行四人带到了天台上。然后他们让他跳下去。和彦害怕地越过护栏，朝下面的校园看去。西下的夕阳从背后照射过来，在底下的院子里投下了自己巨大的影子。恐惧令他的身体悚缩，紧紧地握住了拳头。

四个人嘿嘿地笑着，声音像是在恫吓。

“快点跳啊！给我们看看你的男子气概，和彦！”

这是青山的说话。

“没事儿，能跳过去的。”

“……不行啊。”

到底要跳去哪里？从和彦所在的屋顶位置可以看到斜下方的屋顶，下面是连接着旁边那栋楼的游廊。

其余三人也不断说着什么，向和彦施加压力。

“又想尝尝蟒蛇招的滋味了？快跳！”

和彦没敢反驳青山。他什么也没说，只是默默地俯瞰底下的校园。

“快跳！快跳！快跳！快跳！”

他们继续将自己的快乐建立在和彦的痛苦之上。和彦几乎要哭出来了，他翻过护栏，然后，站在了屋顶的檐边上。身后是起哄的闹声，眼前是映在地面上自己的巨大影子，还有从体内深处涌上来的恐惧感……

对于当日的情形，和彦虽然时有语塞，但也提供了足够详细的证供。

“……青山他们肯定也不是想要我真的跳下去吧，可我一跨过护栏，眼前就突然一片黑，然后就掉下去了。”

“蟒蛇招是什么？”

古美门间不容发地追问。

“就是蟒蛇擒拿法，是青山他们想出来的掐脖子的招式。”

“掐脖子的招式？能告诉我那是怎么使的吗？”

“用右手锁住对方的头……”和彦用能自由活动的右手比划着解释，“同时，左手擒住对方的右手，然后把右脚……”

“黛！”

古美门用目光指示黛到前面来。

“啊？”

黛虽然心不甘情不愿，还是起身离席。古美门站在证人席旁，黛刚走近他身边，他就用右臂锁住了她的脑袋。古美门将法庭当成了演示蟒蛇擒拿手的现场舞台。

古美门想要在黛身上重现那个招数，但无论和彦怎么说明，他都没能成功。

最终，黛忍无可忍，随着一句“是这样吧”，她扣住古美门的头部，一招制胜！古美门上半身横了过来，整个身体几乎被弯成了一个直角，传来一声清脆的骨折声。

“痛痛痛！投降投降投降！你想要我的命啊？！”

古美门大叫着狠狠瞪视黛。

“……这是多么恐怖的致命招数啊？就连平时勤加锻炼的我都受到了如此大的伤害。这蟒蛇擒拿实在是太可怕了！这是强行施暴，别府法官！”

古美门一把抓过话筒大声怒骂着。别府用冰冷的目光看着他，而古美门却毫不在乎地蹲在了轮椅旁边，目不转睛地看着和彦的脸。

“和彦，你之前也一直遭受各种欺凌吧？对于种种欺凌，你曾提出请他们停手吗？”

“我一直都说的。不过越是求他们，他们越是笑话我。”

“这些事，班主任藤井南老师知道吗？”

和彦咬住了嘴唇。

当和彦在青山他们的蟒蛇招的袭击下痛苦呻吟时，他不经意间向教学楼上方看了过去，从某个教室的窗口，看到了南老师的身影。目光相遇了。救救我——和彦发出了求救信号……然而南老师却浅浅一笑，从窗边离开。

“我想她应该是知道的。”

和彦说。

“藤井老师又是怎么处理的呢？”

“她什么都没做。”

“你当时什么感觉？”

“……我觉得这里就是地狱。”

“完全就是地狱嘛！”

古美门站起来的时候强调了一遍，穿透力极强的嗓音回响在整个法庭。现场仿佛一台戏，正上演到高潮之处……快成了古美门的独角戏。

“校方得知学生受到欺负却不采取任何措施，于是欺凌行为不断升级，从而演变成了本案的悲剧！”

古美门向别府申诉，同时将和彦的椅子转了个方向，让他面向旁听席。

“这绝对是校方的责任！你现在还有什么想说的吗？”

古美门问和彦。

“我在想，我要是更早一点告诉妈妈就好了。”

“为什么没说呢？”

“妈妈一个人抚养我长大，每天拼命工作……我不想让她担心。”

秀美听着和彦的回答，在原告席上坐着，咬住了嘴唇。

“……结果反而受伤成这样，实在太对不起妈妈了……”

古美门继续将和彦的轮椅转向秀美。

“妈妈……对不起。”

面对着和彦的道歉声，秀美连连摇头，用手帕擦拭着眼角。黛也咬住嘴唇，强忍着泪水。旁听席方向也传来抽泣的声音。

“……我问完了。”

古美门以凝重的目光看着别府，结束了他的提问。敕使河原在这沉重的气氛中，站上前来作为被告方继续提问。

“首先恭喜你能恢复健康，我为你感到高兴。”

敕使河原的声音很是沉稳。

“……谢谢。”

和彦似乎被他的气势压倒，微微地低下了头。

“据医生说，头部受到强烈撞击后，将会长时间陷入昏迷状态，初醒之后，记忆也会比较模糊，甚至混乱。和彦，你的情况如何呢？”

“……没什么。”

和彦皱起了眉头，像是对走近的敕使河原心存戒备。

“你一醒过来就立刻回想起事故发生时的场景了吗？”

“不，不是立刻……”

和彦摇摇头，掩饰不住内心的不安。对于敕使河原提问的意图，古美门和黛差不多猜到了。

“那你是怎么想起来的呢？”

“是妈妈和律师们和我说了很多，然后，我才……”

“哦哦，”敕使河原反复强调这里，“也就是说，和彦你刚才所说的话，都是在律师诱导之下形成的记忆，对吗？”

“反对！诱导一词并不恰当！”

黛站起来抗议。

“请被告律师另选措辞。”

别府说道。敕使河原向她行礼，再一次转向和彦。

“和彦你刚才说，藤井老师是知道你遭受欺负的，那么你曾直接找她商量过吗？”

“没有……不过，被欺负的时候，我和她的目光有交汇……”

“仅仅是目光交汇？”

对于敕使河原的这个问题，和彦陷入了沉默。

“藤井老师摘下隐形眼镜后的裸眼视力好像低于0.1，她真的能看见发生了什么事吗？”

“……”

“你真觉得她注意到了？”

“……也许……没有注意到。”

和彦的回答使得古美门和黛都露出了忧虑的表情。

“和彦同学，如果你觉得自己被欺负了，那是不是应该勇敢面对呢？有时候，男同学之间相互打一架之后，才能更好地理解对方，这也是事实呢。等你身体康复出院了，和我一起玩相扑吧？”

敕使河原的表情转为微笑，而和彦只能对他投以苦笑的点头。敕使河原像是理解了似的微一颔首，转身看向别府。

“法官阁下，我再补充一点，我认为此时让他出庭，为时过早。我问完了。”

敕使河原深深地低头以示礼节，然后返回席位。

“小暮，你希望尽早出庭作证的原因何在？”

别府问和彦。

“……是古美门律师让我这么做的……”

笨瓜！笨瓜笨瓜！古美门内心的吼叫声令他坐在椅子上咕噜噜地转圈。这样的行为招来了别府的怒目相视，眼神中似乎在表达轻蔑之意。

“当初因为原告律师说这是你本人的强烈要求，我才予以许可，但事实似乎并非如此。如果尽早出庭是为了博取同情，将涉及法庭伦理问题，是非常遗憾的。我会充分考量证词的可信度。感谢证人出庭作证。”

古美门听着别府的发言，仍在不停地转动座椅，不痛快地扭动着身体。

*

这晚，敕使河原来到三木事务所。

“完全让他陷入绝境，无处可逃了。”

“我似乎已经能预见那三七分虾夷鹿惊慌失措、抱头鼠窜的样子了。下一发子弹是什么？”

泽地与三木都心情大好。

“应该是青山瞬。”

敕使河原回答。

“还是不用小鬼的好。”

三木离开自己的书桌，挪步至沙发。

“胜利就在眼前，我们就别冒险了。”

泽地从酒柜中抽出一瓶香槟，给三木的酒杯斟上。

“用班主任藤井南老师给他致命的一击吧。”

敕使河原补充了一句。

“这次赢定了，终于能让古美门律师尝尝失败的滋味了！”

井手挥动手臂兴奋着。

“没想到竟然输给出道才一年的新手……”泽地站了起来，走近敕使河原，“古美门律师会是怎样的心情呢？”

说着，她抬起敕使河原的下巴，将草莓放进了他的嘴里。

“……啊呜。”

始终保持着冷静的敕使河原这时候也因太过突然而惊讶得有点翻白眼了。三木看到眼前这一幕，急忙将手中的香槟酒杯放在桌上，以威严的语调说道：

“敕使河原律师，下次让我出庭吧！”

“啊？”

“嗯，我觉得是时候亲自演示如何捕获大猎物了！请将超一流猎人的身影深深铭刻在脑海中。”

“……那就恭敬不如从命了。”

敕使河原囫囵地吞下了草莓，而三木则以斗志激昂的睥睨眼神看向半空之中的假想敌。

*

“各位好！”

兰丸出现在了古美门家。

“咦，律师身体不舒服吗？”

古美门嘴里含着体温计，浑身无力地躺在他钟爱的安乐椅上。服部正在一旁动作利索地给他更换敷在额头上的冰袋。

“杀手锏被轻易攻破，受的打击太大了。”

服部解释道。

“竟然因为这个就发烧了！又不是小孩子。”

正在桌边整理文件的黛补充了一句。她的身体完全无恙，不过脸上很是不高兴。

“话真多！输了都怪你！”

“啊，看起来很好吃啊！”

兰丸看到服部端来的肉喊出了声，看一眼就知道，那盘子里一片一片整齐摆放好的绝对是高档和牛啊。

“我准备弄点烤肉来提高大家的士气……”

服部在黛工作的桌上开始准备烤肉。

“那就让我来消灭它们吧！”

兰丸坐在黛的旁边轻快地嚷嚷着“我爱吃肉”，从盘子的一边拿起肉一一烤熟了塞进嘴里，就这样一片又一片地品尝着美味。虽然从炙烤着的肉片上飘出阵阵香味，但黛这会儿完全没有胃口。

“太好吃了！”

兰丸禁不住挥舞起胳膊。

“啊，律师，这是藤井南的调查报告，多花了点时间，不好意思啊。不过，我深入各方面仔细地查了哦。”

黛开始阅读兰丸递过来的报告。

“和彦同学也是受那指挥棒操纵的合唱团一员啊。”服部将手上的食物钳当作指挥棒，一边挥动一边说，“对了对了，说到指挥，我曾经在温哥华爱乐乐团做过指挥呢。真是有难度啊。本以为是挥动指挥棒指挥演奏，但不知不觉中，手中的指挥棒却不得不配合着演奏去挥动了……都不知道到底是谁在指挥了。哈哈哈！”

“服部叔，您刚才说什么？”

黛突然有了灵感，抬起了头。

“啊？温哥华爱乐乐团……”

虽然服部满腹狐疑，但黛已经把心中的窃喜都显露在了脸上，站起身来朝古美门走去。

“您看看这里。”

“啊？”

古美门一脸厌烦地念了起来。

“……挥动指挥棒的人不一定就是真正的指挥者。”

黛用强烈的目光定睛看着古美门。古美门的脑中浮现起前往藤井南公寓那晚两人的对话。

“……你也太看得起我了。”

说完，南老师笑了。乍看之下还以为那是腼腆的笑容，然而事实却并非如此。那笑容之下隐藏着的深意……古美门抓住冰袋，站了起来。

“……看起来，我们看错这位藤井南了。”

“有用吗？”

黛偷偷观察着古美门的表情。

“只能孤注一掷，在庭审中赌上一把了！和打猎的老爷爷正面交锋吧！”

“好！”

黛点点头。两人保持这副气势坐到了餐桌边，一把夺过兰丸正在烤着的肉，狼吞虎咽起来。

*

接下来的庭审中，藤井南作为被告方证人出庭。三木也来到了法庭上。被告代理律师席上，三木、敕使河原和井手三人并排坐着。

很快，被告方的证人提问开始了。

“我发誓，在此所说的一切都将遵循自己的良心，皆为事实，没有任何隐瞒，绝无半句虚言。藤井南。”

古美门听着南老师在证人席上的宣誓，傲慢地靠在椅子上瞪着三木。三木则瞥了一眼古美门，即上前提问。

“藤井南老师，您作为班主任，就您所见，小暮和青山他们之间是怎样的关系呢？”

三木站到南老师的身边，提了第一个问题。

“我觉得他们是关系很好的朋友。”

“小暮说您亲眼目睹了他被欺负的那一幕，而且你们的目光也相遇了？”

“我不知道他指的是什么时候的事，但在我看来，他们似乎只是在玩闹。”

南老师疑惑地回答。

“您看见过小暮烦恼而痛苦的样子吗？”

“我反而觉得随着与青山几个人的关系不断变好，他自己越来越开朗、坚强了。”

三木在会长和校长面前摆出了架势，仿佛在说：这之后就看我的表演吧。

“教育委员会是个无能的组织，校方隐藏事实，教师只求明哲保身，班主任管不好学生……一听说欺凌事件，谁都会这么指责。”

然后，他返回南老师的身边，看着她，目光中带一丝悲伤地说了一句："现在，您也遭受着不少烦心的事情吧。"

"……是的。"

"有没有想过辞职？"

"我每天都在犹豫。"

于是，井手从座位上站了起来，他将一沓书信递给三木。那些信都是学生们写的。三木以一种演戏般矫揉造作的语气念起了其中的几封：

"南老师，请千万不要辞职，是您教导我们去体会上学的乐趣。"

"我之所以去兔之丘中学上学，不是为了学习或是见朋友，而是为了见到南老师。"

"遇见了小南老师之后，我才找到了未来的梦想。我要成为像您一样优秀的教师……"

三木故意哽咽地停下。

"……抱歉，就念到这里吧……这只是学生们偷偷写给藤井老师的很多信的一小部分。还有家长联名的请愿书，希望藤井老师不要辞职！"

三木向别府举起了一叠请愿书。

"藤井老师所带的班级作为模范班级吸引了无数外校人士前来参观。每到换班时期，就有学生蜂拥而至，希望能编入她的班级。生日时，学生们送的礼物能填满整个房间！这才是真正的藤井老师！到底是谁煽动了错误的舆论！”

三木两手一摊，站在了古美门的面前，后者则以极其冷静的目光回视他。

“抱歉，我有点激动了……藤井老师，您现在有何愿望？”

“……我希望小暮能回来，再次和同学们一起参加合唱。”

南微笑着回答道。

“正是这样的老师在第一线支撑着我们当今的教育！怎能因无知和偏见而击垮像她这样优秀的老师呢！我问完了。”

尽情表演之后，三木摆出一个端着猎枪瞄准射击的动作，随后一脸自满地返回了座位。

“受教了。”

面对敬佩不已向自己致意的敕使河原，三木摆摆手，给了他一个无所谓的表情，仿佛在说：这不是理所当然的吗？

“原告代理律师——”

别府点名之后，古美门站了出来。

“兔之丘中学的二年级C班，正如三木律师所言，是一个出色的班级。虽然有几个不良少年，但大家的心灵很纯洁，都是听老师话的好孩子，确实是实现了友情、和谐、博爱精神的班级。”

古美门在三木面前绕了一圈，站到南老师的身旁。

“谢谢。”

“您很受学生们的爱戴。请问您究竟是怎样成为一名如此优秀的教师的呢？”

他两手撑在证人席前的桌子上，向南老师探出了上半身。

“……这我也不太……”

南老师露出了几分羞涩的笑容。

“曾经的您，是一位与现在截然不同的教师吧？”

古美门满面笑容地对着南老师说道。

“……什么？”

南老师保持微笑看着古美门。

“龟之谷中学的一年级二班，您是否还记得？”

被古美门这么一问，南老师脸上的笑容消失了。

“啊呀，终于收起了那让人恶心的笑容了！”

南老师整个人像石头般僵在了原地。

“就在四年前，那是您带的第一个班级。我们询问了当时的学生，发现他们对您的评价与现在正好相反。冷酷、严厉、丝毫不关心学生，还曾多次与学生、家长及学校发生冲突，完全是一个深受大家厌恶的教师！”

南老师低下了头。

古美门转身背对着南老师，走向旁听席上的各位，倚靠着栏杆的扶手，列数南老师的罪状。

“最后，那个一年级二班怎样了？”

“……”

“我问你一年级二班怎样了？”

“反对！该提问与本案无关。”

三木举手申辩。

“反对无效。”

别府毫不犹豫地予以驳回。

“一个又一个的学生反对你，那个班级已经完全带不下去了，最终导致班级崩溃。而你被迫休假半年，进行自我调整。我说的没错吧？”

南老师仍然保持沉默。

“对于当时的自己，你是怎么看的呢？”

古美门返回南老师的近旁，注视着她的脸。

“……当时很自以为是……”

南老师终于开口说了一句。

“承认自己错了吗？”

“那时的我还不够成熟，但我一直在努力地成为一个好的老师。”

“人都是在经历各种事情之后才成长的。”

三木想要找到扭转局势的突破口，插了一句，但立刻被别府警告的“被告代理律师”阻止了。

“成长啊……”古美门继续说道，“以前的你的确是个不成熟的老师，不过呢，现在的你却连当时都不如，可以算是老师中的垃圾、败类！难道只有我一个人这么认为吗？”

古美门无情地追问陷入沉默的南老师。

“你当时曾这样说过吧？”

古美门拿起黛面前放着的资料，念了起来。

“你这样说：‘不奉承学生，彻底贯彻教学思想，是我理想中的教育。’”

这是南老师当时写给校内通讯的评语。

“这份理想，难道你已经舍弃了吗？”

“……我意识到，用爱来引导学生才是最重要的。”

古美门将资料放在证人席上，南老师一脸不乐意地将它倒扣过去。

“你所谓的爱，就是取悦强势的学生而忽略不起眼的学生吗？”

“你在说什么？”

南老师愤怒了，转过脸近距离地直视古美门。

“我是在问你，是不是为了得到大多数学生的喜爱，而牺牲了那些被欺凌的学生？！”

南老师虽然仍在沉默，但神色中的气愤已经不再强烈。

“我曾以为是你挥舞指挥棒操纵着学生们，但是我错了，的确，是我高估你了！”

“……”

“其实你没有那样的能力，无视欺凌事实的不是你，而是学生们自己。在幕后指挥的恐怕是青山瞬他们吧？你只是在遵循他们的方针，看他们的脸色行事，为了不被他们讨厌而拼命地强颜欢笑，在合唱队面前假装挥动指挥棒，其实，在最后面低着头口是心非的那个人就是你！现在的你根本没有成长，而是一个因为失败而抛弃了理想选择了奉承学生的胆小鬼！”

古美门一口气连珠炮似的发言加重了对这段话的强调。南老师瞪视着古美门凑过来观察自己的脸。她的目光中燃烧着愤怒，又语塞，脸颊泛着红潮。看到这样的滕井南，古美门心满意足地点了点头。

“很好，就是这种眼神，”古美门满脸笑容地向南老师回头看去，“我想要对话的正是流露出这种眼神的你！”

南老师拼命压抑着自己的愤怒，紧紧闭上双眼。古美门却在她的周围挑衅似的转着圈儿。

“我知道的哦。对学生严格就会被他们讨厌，这一定是很痛苦的呢！当家长和学校成为互相攻击的对象的时候，人是会精疲力竭的吧？”

“够了……”

南老师小声嘟囔了一句，那声音只有古美门能听见。

“抛弃理想才是上上策！做一个被学生喜欢的老师，只要微笑着唱唱歌就好了，多开心！”

“住口！”

南老师咬紧牙关，甚至能听到她的牙齿摩擦的声音。

“如果顺从大家的意思，不光自己省事，在学校里也会人见人爱，只要过得舒服就万事大吉！哪怕有不起眼的小毛孩被欺负了也无所谓，完全无所谓！因为我的班级是最好的班级！”

古美门继续煽动她的情绪。

“闭嘴！”

终于，南老师吼了出来。整个法庭一下子安静了。

“你又知道什么！”

古美门将双手背在身后，歪着脑袋等南老师说下去。

“教师这份工作，才不像你想象的那样单纯！作为教师，我要做的事情堆积如山！要参加不知所谓的会议，要处理无知家长的投诉，要教育那些不懂规矩的小毛孩，还要取悦教育委员会那帮老头！”

南老师用手指指向古美门说出这番话，会长眉根紧锁，三木的表情里也满满地写上了“糟糕”二字。

“班上一旦出什么问题，就会引起各种骚动，哪儿还上得成课！可是教师却不能体罚学生！在这种现状下，你让我怎么去追求我的理想！我必须维持一个班级的日常运作，光是这个就已经心力交瘁了！”

南老师声泪俱下地控诉着。古美门目不转睛地盯着瞪视自己的南老师，不紧不慢地开口说了一句：

“小暮和彦也是你必须保护的学生之一吧？”

就在这时，“喀嚓”一声，原告方的门打开了，坐着轮椅的和彦与母亲秀美一起进入了法庭。南老师无法正视和彦，眼神游离在半空中。秀美将轮椅转向证人席上的南老师，一路推行，来到原告方就坐。

“四年前，你的确失败过。然而，在那群并不起眼的学生之中，应该有人支持你的做法，暗暗敬慕你。小暮和彦就是其中之一吧。”

南老师又一次低下头，陷入了沉默。

“我想问的只有一点：小暮和彦有没有被欺凌？”

“这一点刚才已经答过证词了！”

三木忍不住叫出了声。

“刚才作证的是前一刻的你！”古美门对着三木大声地叫喊道，“现在我想要问另一个你！”

然后，他重新转向南老师。

“刚才的你抛弃了牧羊人身份，沦为一只停止思考的羊。现在，我要问一个就算与学生和学校发生冲突也要不依不挠地斗争、挣扎并且熬过痛苦的你，四年前的你！”

听到古美门扯着嗓子的那一声呼唤，南老师的身体微微地颤抖了一下。

“那时候的你，会如何回答？”

古美门再次将脸凑近南老师，更加有力地逼问道。

“我再问一遍。藤井老师，小暮和彦遭受欺凌，是否属实？”

南老师深深地吸了一口气，呼地又吐了出来。法庭上已经恢复了安静，所有人都在等待着南老师的发言。

“想要做回牧羊人，就得趁现在。”

随着古美门一句低声的提醒，原本强忍着的南老师打开了泪水的闸门。

“……小暮他，确实遭受欺凌了……”她呜咽着继续陈述，“我在教职员工会议上反映过，可是最终不了了之。”

说完，南老师开始抽泣。

内心泛起一阵喜悦，古美门用手指顺着自己三七分的前刘海流畅地抚摸出一道曲线。

“我问完了！”

原告席上的黛细细地体会这一刻的欢喜，而被告席上的三木则以绝望的表情仰头看天花板。南老师在旁听席众多媒体的一片哗然中抽吸着鼻腔行完一礼，准备离开。

“证人，问询还没有结束。”

突然，别府叫住了南老师。

南老师茫然地站在了原地，古美门、黛和三木都看着别府，一脸疑惑地不知道怎么回事。

“我还有一个问题要问，”别府说话时的语气格外冷静，“你先后两次给出了完全相反的证词。请问，为什么改变证词？”

南老师在别府犀利的目光中沉默了。

“你一开始的证词是伪证吗？你是对法庭宣过誓的。”

“是啊，你宣过誓的。”

眼见形势有望扭转，三木即刻开口。

“……因为我改变想法了。”

南老师呆立在证人台边，回答说。

“那么，如果下次被告代理律师再反过来说服你的话，难道你不会再改证词？”

“说的对啊，法官，肯定会改的啊！”

“你别说话！”

别府喝令三木住口，但她的目光并未移开，仍然注视着南老师。南老师一脸犹疑地看着别府。

“……我知道了。我会在严格考量你的证词可信度之后再作判断。你可以走了。”

“可信度是什么意思？”

古美门站了起来，极力与别府争辩。

“证人可以离开了。”

别府没有理会古美门，继续对南老师说。

“你不会认为证词没有可信度吧？”

“我没有义务回答你。”

别府的表情没有任何变化，俨然戴上了一副铁面具。

“刚才的证词哪里不可信了！”

黛也站了起来。

“这要由我来决定。”

“太荒谬了！她可是鼓起勇气才说出真相……”

“今日就此退庭！”

别府不容分说宣布道。

“请等一下！法官！”

黛的声音响彻全场，所有人都起立了。

啪啪啪啪……这时候响起了拍手声。

“……你这是在做什么？”

别府很不高兴地回头，向声音来源的方向看去。古美门的两手原本只在胸前鼓掌，这会儿已经高高举起，就像在演唱会现场一样在头顶上方拍着手。

“法庭上禁止拍手。”

别府提醒之后，古美门回敬了一句：“想找我麻烦竟然找到这儿来了，我真是感动啊，施虐狂法官阁下！”

“……你说什么？”

别府与古美门相互怒视。

“没被男人当回事，就在这里发泄你那烦躁的情绪吗？”

“你把法庭当成什么了？”

“法庭？您把这里叫做法庭吗？对您来说，这里不过是施虐受虐俱乐部的一间表演室罢了！”

古美门将满腔怒火全部发泄。

“以女王的姿态来虐待平民百姓，肯定爽得无法形容吧！所以你袒护施虐的一方也理所当然啊！”

说完，古美门向旁听席走去，环视席间一周，用手指对着在座的众人一一点了过去。别说那些被点到的人，就连黛、三木、敕使河原、南老师在内的所有人都……一脸铁青地僵在了原地。

“请撤回你的发言，并向我道歉。”

别府虽然保持冷静，但是显然已怒火中烧。

古美门目不转睛地盯着别府。

“……快道歉。”

黛靠近古美门，小声说道，但他毫无反应。

“如果你不立刻道歉，我将行使我的权力对你采取措施。”

“实在抱歉，他现在神志不清！”

黛连忙低头认错。

“……古美门律师，快道歉吧！”

在这不同寻常的氛围之下，连敕使河原都开口劝说。

“请接受我诚挚的歉意。”

古美门深深地鞠了一躬。黛也在旁边一同低头。然而，就在下一秒——

“请用绳子将我捆起来然后施以滴蜡之刑吧！直到女王陛下您满意为止！”

古美门一边抬头，一边说出了变本加厉的放肆之词。

他这是在说什么……不好，这下要多不好就有多不好了……黛强自支撑着快要当场晕倒的自己，偷偷观察着别府的表情。如魔鬼般瞪视着古美门的别府，仰头朝天花板看了一眼，之后用不紧不慢的坚定语气说：

“古美门研介律师，现在我以妨碍法庭秩序之罪，将你收监。”

“收、收监？收监是什么？”

黛慌忙问了一句。法庭上一片骚动，三木也满脸忐忑地说：“我也是头一次看到，这下有好戏瞧了。”

与此同时，两名法警推门进来，给古美门戴上了手铐。

“啊？啊？啊？老师？老师！”

黛试图阻止，但古美门已经被法警一左一右架住，带离了法庭。

“喂……”

“不是真的吧……”

旁听席上骚动不安。唯有一个人——三木——愉快地笑着。

*

所谓收监，是法庭有权裁定的刑罚之一。当发生辱骂、暴行等不当言行明显损害法庭或法官的威信时，可以进行制裁。古美门便由此而受到了惩罚。

收监的案例相当少见，古美门自己和三木一样，都是第一次经历。

警官们抓着古美门的胳膊，一路把他带到收容所。在昏暗的光线中可以看到，一排整齐的小隔间里已经入住了不少人，既有相貌凶恶的光头男，也有瘦得皮包骨头的怪人，诸如此类。

“哐当”一声，警官打开了瘦得皮包骨头的怪人所在隔间的铁门。

不妙，大大不妙，这可不是开开玩笑就能解决的。尽管古美门一路上都很顺从，但到了门口，终于开始垂死挣扎，可还是被毫不留情地一脚踹进了牢门，趴倒在同一牢房那个瘦弱男人面前。他慌忙爬起来追赶警官，但是警官已经准备关门走了。

“地暖开关在哪里？”

古美门装出一副可爱的样子问道。但是没人理他。

又是“哐当”一声，无情地传来上锁的声音。

*

“维持法庭秩序的法律竟然被用在这种事上，真是前所未闻！我无法理解！”

庭审之后，黛跟着别府走进法官办公室。

“这是我被赋予的权力。”

别府脱下法官服，一边挂上衣架，一边淡淡地说。

“我觉得作为法官，您这么做并不合适！”

“随你怎么想。”

别府看都没看黛一眼，来到书桌前准备处理公务。

“古美门确实出言不逊，或者说，他这个人也只会出言不逊。”这一点黛是同意的，唔……大概没人会不同意吧！“可是，您却因个人情绪而采取了不当措施！”

“你这也是出言不逊。”

别府正准备查阅一本厚厚的文献，这时候终于抬起头来，瞪住黛。

“可您这么做只不过是在故意找他麻烦吧！”

“你也想坐牢吗？”

别府到底要干什么？黛沉默地回瞪她。

“初中时，我整整被人欺负了三年。”

别府合上文件说话。

“到了今天，那些事情虽然不值一提了，但是当时也曾经想过去死。我想自己能够理解受欺凌学生的心情。”

那你……黛强行咽下自己要说的话，继续听别府往下讲。

“我没有偏袒哪一方。我的义务就是遵循法律和程序，作出正确的判决。如果古美门作为律师的原则是不择手段也要取得胜利，那么我作为法官的原则就是无论如何也要维护神圣法庭的秩序。古美门律师如果执意不向我道歉，那他将最长被收监二十天。我说完了。”

别府的意见条理分明，无懈可击。面对她正直的目光，黛无法辩驳。

“打扰您了。”

黛行完一礼，请辞离开。

虽然黛说过，别府对古美门的处分是出于私人情绪，但别府并不是施虐狂法官，更不可能在法庭上发泄因“不被男人当回事”而导致的所谓烦躁。

*

这天晚上，三木的事务所里充满提前庆祝胜利的气氛。

“哎哟哟，非常感谢。真是捏了一把冷汗啊。”

会长的心情非常好。

“多亏了这次的法官，我们才捡了个便宜啊！”

站在一旁的井手笑着说道，三木瞪了他一眼：“捡了个便宜？”

“啊，不，不是……”

“你小子是说我技不如人吗？那种证词当然没有可信度！”

“是是，您说得对。”

“这么一来，我们就胜利在望了，多谢各位！”

三木对于校长这句话非常高兴，频频点头。唯有敕使河原一人显得心事重重。

“怎么了，敕使河原律师？”

泽地问了一句。

“……我在想，是不是差不多可以庭外和解了呢？”

敕使河原提出了这个方案，视线落在地上。

“和解？开什么玩笑，这是让那家伙一败涂地的绝好机会，可不能放过了！”

三木从沙发上坐起来，向前探出了身体，强调道。

“如果追赶方法有误，不仅会让猎物逃走，还会伤到自己。”

敕使河原仍是一副严肃的表情。

“担心太多，就没办法抓到猎物。”

“继续这样下去，可能会出现不幸的牺牲者……狩猎是为了减少多出来的野生动物，以保持数量上的平衡，而不应该盲目杀生。”

虽然三木强硬地反驳，但被敕使河原这么一说，也沉默不语了。

*

黛和服部来到了收容所的会面室。古美门坐在玻璃隔板的对面，轻快地哼着《雪绒花》，手上则是拉小提琴的动作。他闭着眼睛，表情恍惚，看那副样子，已经精神失常了。

“……对方提出了和解方案。”

虽然担心古美门的状态，但黛还是往前探出身子。她必须传达校方的提案。

“随便。”

古美门伸出右手，仿佛在说，爱怎样怎样。

“可以同意和解吗？”

“反正我也赢不了了，做什么都白搭。”

古美门尖着嗓子，就像一个撒娇的孩子。

“这下可是名副其实的败诉了哦？”

“有什么办法？我又没输给三木和那个捕猎老爷爷。都怪那个女人。就算我球踢得再漂亮，只要我上场，她就判决射门无效，我又怎么可能赢！”

古美门把身子往前探到玻璃隔板上，说完这段话，又凭空拉起了想象中的小提琴，躲进了自己的世界里。

*

黛顺路到医院探访了和彦。在夕阳的映照中，和彦坐在床上，他那贴着护伤膏的脸和绑着石膏的腿令人揪心。

黛就前几日的审判正式道歉，并说起了和解的提议。

“老实说，再继续打下去我们也没有多少胜算，而且古美门被收监了。我想，如果选择和解，应该还能拿到一笔钱。只不过……”

“遭遇欺凌的事实就不会被认可了。”

秀美接过话茬替她说了下去。

“是的。决定权在您和和彦手上。”

秀美听到黛的这句话，低下了头。打破沉寂的是和彦。

“……和解也可以啊。能拿到钱的话，妈妈也能过得轻松一点，对吧？”

和彦笑着看向母亲的脸，秀美没有说话。

“……黛律师，即使没有古美门律师，不是还有您在吗？……我想坚持到底。”

秀美终于站起来，显得很坚定。

*

“早上好！”

南老师扬起笑脸走进了办公室。前几日的庭审上，虽然南老师的行为背叛了学校，但出乎意料的事态发展却使得形势对被告方有利。南老师一如既往地前来上班。

但是……办公室里的教师们谁也没有回应她的招呼。

“丰子老师，请问，我之前拜托您准备的教材……”

她找年级主任说话，对方却故意无视她，离开了办公室。

就这样结束了一天的课业，到了放学时间。学生们像往常一样将课桌挪到教室后方，按照合唱时的位置站好了队。

“今天我们来唱《启程之日》吧！”

南老师按下唱片播放机的播放按钮。随着音乐的前奏响起，她挥起了指挥棒。但是，同学们却没有像平时那样看向指挥棒。

“预备——唱！”

前奏结束，南老师将指挥棒挥得更高了……但是谁也没有开口唱歌。唱片的伴奏声徒然流逝着，她看见女学生们开始传递一张折叠的小纸片。经过几个人的手之后，不知道是失误还是故意，纸片落到了地板上。南老师走过去准备捡起来的时候，学生们齐刷刷向后退了几步。

打开纸片一看，上面用黑色记号笔潦草地写着：

藤井南是叛徒　鉴定完毕

南老师抬起头，遇上了青山的视线。青山以挑衅的眼神瞪着南老师。

被学生们无视，被同事们无视，这一天简直如坐针毡。

南老师身心俱疲地下班回家。当她拖着沉重的步子爬上公寓的外楼梯时，看见门口站着一个人。那是黛。看到她手上拿着的一叠乱七八糟的纸，南老师立刻明白，房门上大概又被贴满了各种纸条。

黛看到南老师，深深地鞠了一躬。

南老师开门，让黛一起进了房间。

两人面对面坐着，中间是一张小折叠桌。

“……你还好吗？”

黛看着南老师的脸，担心地问。南老师则微微叹了口气。

“我只要不笑，感觉很阴沉吧？”南老师干涩地说，“这才是真正的我。其实，我并不喜欢合唱。”

南老师伸直了腿，无力地靠在桌边。这张桌子是她学生时代用过的书桌，从自己家搬过来的。

“……你在学校遇到什么事了吗？”

“那还用问，出卖同伴的羊自然会被赶出羊群。”

南老师叹息着说。

黛没有说话，等待南老师说下去。

“只是有一点，你们说……带头的是青山，其实不是他。”

南老师继续说。

“怎么回事？”

“他也是羊群中的一只，领头的另有他人。”

“另有他人？是谁呢？”

“我怎么知道，”南老师随意地笑了笑，“学生们的本性哪儿有那么容易被看透。不过，一定在他们之中。”

南老师说话时恢复了严肃的表情。黛正襟危坐，认真地看着她。

*

在这儿被关了多久了？收监时间最长可达二十天。古美门一开始还掰着手指头数着日子，后来，连对日期的感觉都已经消失了。

“快放我出去！——撑不住了！”

古美门抓住收容所的铁栅栏绝望地怒吼。

“吵什么吵！”

传来同一牢房那个瘦弱男人呵斥的声音，但古美门仍然叫个不停。

“马桶太凉了根本没法坐！卫洗丽也没有！边上那人一到晚上就开始念经！我浑身都起疹子了！快放我出去！——”

叫声中隐约听到看守人员的脚步声由远而近。

“898315号，有访客！”

“啊！”

古美门的表情一瞬间由阴转晴。

“我过得很舒适。”

古美门的手势还像上次那样拉着假象中的小提琴，同时向玻璃隔板另一头的黛说道。

“你在听我说话吗？”

黛隔着玻璃板狠狠地瞪着古美门。

“真正的带头人是谁，连藤井老师都不知道。只是，不管那人是谁，有没有什么办法让他自己主动站出来伸张正义？”

“不可能！”

古美门不假思索地回答。

“即使前方是悬崖断壁，也会跟随群体前进，这就是所谓的群体。不过怎么都无所谓了，你随意吧。”

听古美门说完，黛大大地叹了一口气，拿起包从椅子上站了起来。

“可是我有点担心藤井老师，她看起来很累，在学校里大概受到了很恶劣的对待吧……”

黛自言自语般地说完，刚要准备离开。

古美门突然动了下眉毛，用严肃的声音叫住了她。

“替我转告服部，我和这里的所长讨论了很久，终于说服他允许你们带抱枕进来。你让他马上给我送来！”

“拜托您别再做这些无聊的事了，赶紧向别府法官道歉吧！”

黛朝他一顿痛骂。

“向那个女人道歉？我还不如吊死自己算了！”

无论有多受不了收容所的生活，只有这一点是自尊心无法让步的。古美门想也不想，一口回绝。

*

第二天，南老师到了学校，发现自己的桌子上放着瓦楞纸箱，她的私人物品都在里面，包括原本放在桌子上的教科书、笔记本和文具等等等，甚至还有抽屉里的东西。不知道是谁都替她收拾好了。

课堂上，没有人听南老师讲课。不管是在音乐室还是教室，只见她用空洞的目光看向前方，孤独地挥舞手中的指挥棒。

连续好几天都是这样，南老师终于递交了停职申请。

“身体不好也没办法，希望你尽快好起来。”

校长拿到申请书时用极其淡漠的语气说了这几句话，简直像是事先准备好的台词。南老师和校长一样面无表情地点点头，离开了办公室。

*

叮咚——

黛按响了南老师所住公寓的门铃。她听服部说南老师好像停职休假了，有点担心，过来看看情况，但是按了好几次门铃都没有人应答。

“藤井老师？我是黛。听说您停职休假了？藤井老师，您在家吗？”

不在家吗？黛有一种不祥的预感。

她拧了下门把手，发现门并没有上锁。

“打扰……了。”

门一打开，黛就用手捂住了口鼻。一股极其刺鼻的气味迎面扑来。再一细看，厨房的窗户缝都用胶带封住了。而且煤气炉的导气管松开，阀门也开着。

“……煤气？”

黛连忙进了房间，关闭总阀。回头一看，只见南老师正躺在地板上。

“藤井老师？”

桌上留着一张字条，上面写着：

“对不起大家了　藤井南”

黛跳上床，撕下贴在窗框上的胶带，打开了所有的窗户。

“不行，不行啊，藤井老师！你振作点！”

黛扶起了浑身瘫软的南老师。

“不行，快醒醒！藤井老师！”

然而，南老师并没有睁开眼睛——

黛气势汹汹地来到了兔之丘中学。

“咦？您去哪儿？等等，这里不可以擅自进去……等等！”

接待处的一位男老师看到了黛，急急忙忙想要拦住她。上一次来的时候，这个年轻教师还对黛他们无比亲切。但是黛用她的两条罗圈腿“噔噔噔”地爬上了楼梯，她的目的地是二年级C班的教室。

“三角形ABD和三角形ACD……”

教室里正在上数学课，讲台上的数学老师正在讲解全等三角形的证明方法。

“我们报警了，报警！”

刚才那位男老师和副校长等一行数人都从身后追了上来。但是黛完全没当回事，哗啦一下拉开了教室的门。数学老师和中学生对眼前的情况目瞪口呆，黛像一尊门神似的叉开腿站在他们的面前，将挂在肩膀上的拎包重重扔在地板上。

“藤井南老师自杀未遂，现在情况很危险。”

黛怒气冲冲地扫视了一圈台下的学生们。学生们的脸上顿时失去了血色。站在讲台另一边的数学老师和追着黛而来的那些老师们也都愣住了。

“是谁?！到底是谁带的头？是谁计划把藤原老师排挤出去？你们知道自己在做什么吗？藤井老师和小暮同学都是牺牲品！是你们的牺牲品！”

黛叫喊着。

“慢，慢着！”

“你在说什么……”

男老师和副校长几个人想要将黛强行拉出教室，但是激动不已的黛力量陡然增加了好几倍，轻轻松松地将三四名男教师甩了出去。

“……人是丑陋的生物，”黛喘着粗气，一边调整呼吸，一边继续对学生们说，“也是残酷的生物。一旦遇上看不顺眼的人，就会想尽办法制服对方，以此为乐。所以，人总是不自觉地伪装自己，以便讨取他人喜欢。也会全副武装自己，以便在集体中生存下去。这些确实都很重要，但是我希望你们不要忘记，人同时也是为了正义而不断努力的美丽生物！跟在藤井老师和小暮同学之后，如果还有敢于鼓起勇气、走出群体的人，请和我联系！打扰各位上课了。”

说完这几句，黛蹬着她的罗圈腿离开了教室，余下的空间里一片寂静。

“……好了，我们继续上课吧。”

数学老师装作若无其事地返回讲台，几个被黛甩出去屁股着地的男老师也陆续离开，回办公室去了。但是再也没有一个学生认真听讲。

放学后，二年级 C 班的学生们各有所思。

扫地的学生、远看着窗外的学生、在兔笼前喂小兔子的学生……

青山的几个同伴——佐佐冈、金森、高木去篮球社练习，途经紧急出口的楼梯通道时停下了脚步，在扶手上托着腮帮子。此时此刻，青山正在教室里盯着南老师桌上的唱片播放机发呆……

南老师的性命保住了，但仍在医院里昏迷不醒。黛坐在病床边，怀着祈祷的心情注视着南老师。

第二天，二年级 C 班的学生们仍在想着心事。

教室里，昨天那个追赶黛的男老师在上现代语文课，然而几乎所有的学生都心不在焉，其中几个从胸前的口袋或是铅笔盒、记事本页间取出一张小卡片，出神地看着。那是很久以前黛发给他们的名片……

*

“有学生联系我了。”

黛来到收容所探访古美门。她隔着玻璃板向对面说。在她冲进学校的第二天……也就是今天，不知怎么的，二年级C班的所有学生都联系了自己。当然，青山瞬和他的几个朋友也在其中。

“哼……哼哼……哼……”

哼着无力的调子，古美门仿佛身心受尽创伤，胡茬也长了出来。但是他就以这样一副凄惨的模样继续拉着假想中的小提琴，空洞无神的目光简直看不出其视线的焦点所在。

“当务之急是去向别府法官道歉。”

不知道他有没有听到黛说的话。

“她绝不是那种招人讨厌的女人。”

黛将自己直觉到的坦率地告诉了古美门。

古美门和黛在别府的办公室等她。古美门戴着手铐，仍是一副失魂落魄的样子。黛不安地守在一旁，古美门开口了：

“……灰常抱歉。”

他的嘴里像含着个萝卜似的不知道咕哝什么，实在听不清楚。别府面不改色地盯着古美门。

“老师！”

黛用胳膊肘戳了戳古美门，但他没有反应。别府起身走了几步，站到了古美门的面前……这是生气了吗？

“跪下！”

别府宏亮的声音响彻整个房间。

古美门向别府投以不满的目光。黛也瞪大了眼睛。房间里的空气很紧张，黛在心中默默地祈祷。僵持了一会儿，古美门双膝着地跪了下去。

“我为多次对法官大人出言不逊致以我由衷的歉意。”

这次他说话的声音总算能听见了。古美门戴着手铐的双手攥得紧紧的，放在大腿上，略微地低了低头。

黛也急忙跟着下跪，深深低头。古美门学着黛的样子，将额头抵在了地板上，刚才握在腿上的双手也放到了地板上，拳头顶着地面，直打哆嗦。他此时的心情不是不能理解，可是……

“还没好呢，还没好呢。”

黛在耳边偷偷地小声嘀咕着，而古美门的手却哆嗦得越发厉害了，眼看着，他就要以紧握在地板上的拳头为支点，撑起整个身体。

“再忍忍……忍忍。”

黛能感觉到别府威严的目光在背后居高临下发出的寒意，她继续轻声地提醒古美门。似乎过了很长一段时间，这动作到底要持续多久呢？

“取消收监。”

别府终于开口，一旁待命的看守前来解开了古美门的手铐。

“我才不是在向那个臭三八低头呢！我是为了委托人装装样子罢了。”

古美门在男厕的隔间里一边换着衣服，一边絮絮叨叨地啰唆个不停。

黛在隔间外面无奈地等着古美门将他穿过的毛线衫从门上方扔出来，然后一一接住。都是因为古美门说男厕里没有人，而他要换衣服，就把自己叫进来帮忙了。黛将服部准备好的白衬衫和西服都扔了进去。

“我心里一丝悔意都没有！她完完全全被我骗了，真是个笨蛋！我怎么可能会向她那种低智商变态女屈膝认错呢！去法国连个陪她的男人都没有，真是个欲求不满的丑八怪！”

随后，古美门换好一身笔挺的西服出来了，胡茬也刮了，头发也上好一层发蜡，梳成了完美的三七开。

“走吧。”

古美门用手指分着前刘海迈开了步子。

“难为你忍了这么久！”

黛在后面跟了上去。

*

数小时之后，泽地和井手突然冲进了三木的房间。

“什么？古美门申请了新的证人出庭？”

三木双眉颦蹙。

“是的。”

“有什么人？”

在办公室里待命的敕使河原也站了起来。

“阿部由美子、井上香织、小田雏子、梶原理绘……”

泽地念起了手中的资料。

“有多少人？”

三木问道。

“三十四人。”

听到泽地的回答，三木和敕使河原都说不出话来。

*

终于到了公审之日。在原告席待命的黛接到了一个电话。

“这样啊，非常感谢！”

黛笑容灿烂地看着身边的古美门。

“藤井老师好像脱离危险了，太好了！”

虽然古美门还是那张扑克脸，但一旁的秀美松了口气，和彦也开心地笑了。

此时此刻的场景，对面被告席上的敕使河原都深深地看在眼里。过了一会儿，别府一脸严肃地走上了法庭。

“起立！”

所有人都站起身，对别府行礼后入座。三木则悄悄打开旁听席入口的门，看着眼前的一切。

接着，原告方对证人的提问开始了。

二年级C班的学生们一个一个站上了证人席。

“从同学的角度来看，你觉得小暮和彦有没有被别的同学欺负呢？”

面对古美门的提问，阿部由美子很清楚地给出了肯定的回答。原告席上的和彦紧紧地抿住嘴唇，认真地看着班上同学们作证的一个个场景。下一位上来的是井上香织。

“你觉得小暮乐在其中吗？”

“没有。”

香织摇了摇头。

“你认为小暮是出于自身意愿从楼上跳下来的吗？”

“不是。”

接下来的小田雏子也是同样的回答。

“你觉得他是被强迫的吗？”

“是的。”

梶原理绘点头。

从门缝中偷看庭审情况的三木，脸色慢慢地发青。

“请下一位证人上前来。”

随着别府的传召，青山站到了证人台前。和彦的神色中掠过一丝紧张。

“我是兔之丘中学二年级C班的青山瞬。”

青山显得很精神地转向正前方宣了誓。

“青山，你是欺负小暮的当事人。你自己又是怎么看的呢？”

古美门提问时的语气很平稳。

“我并没有觉得自己在欺负他，不过……”

青山顿住了。

“不过什么？”

“听了大家说的，我才发觉，也许我们的确做了一些很恶劣的事情。”

一言一语都回答得很清楚。

“根据之前的供词，你说是小暮自己要从屋顶跳下去的，关于这点，你有何补充吗？”

“我是那么想的……但那也可能是我们逼小暮那么说的。”

“也就是说，你们强迫他了？”

“……是的。”

青山虽然垂下了眼帘，但很明确地点了头。

“那你认为藤井老师是否知道这件事呢？”

“不止是藤井老师，我想基本上所有的老师都知道这件事。”

校长已经感觉到不妙了，身边的会长则叉着双臂低下了头。

“如果有话对小暮说，请吧。”

古美门指向轮椅上的和彦。青山转身面向斜后方的和彦。

“我们没想到自己所做的事会让你感到如此痛苦，没有老师告诫过我们，也没有人说这就是欺负人，所以我们以为这并没有什么大不了。对不起。”

看到青山对着自己深深地鞠的一躬，和彦轻轻地点了点头。秀美和黛的眼眶都已经湿润了。

躲在门后的三木也快要哭出来了，不过他的眼泪是另一番原因。

“我问完了。”

古美门返回了席位。

“被告代理律师请提问。”

别府点名敕使河原提问。他整理了一下衣襟，一脸恭敬地站了起来。

“我没有问题。”

敕使河原行礼之后随即坐下，井手和校长他们在一旁看得张大了嘴巴。

古美门突然看向旁听席的入口，四目相遇，三木赶忙关上了门缝。

*

就这样，终审之日来临了。

针对秀美本人的提问开始了。

“秀美女士，请您谈谈现在的感受。”

古美门站在原告席上问道。

“……我本以为我是为了不让别的孩子再经历这种悲剧，才开始打这场官司的。”

秀美咬住了嘴唇，一个字一个字地说道。

“但是，事实并非如此，我心里想的大概只是报仇……不过，这种想法也随着我看到儿子康复、看到他的笑容之后，消失了。”

秀美看着轮椅上的和彦，儿子脸上虽然还贴着大块的护伤膏，但满脸都浮现出了笑容。

“现在，无论判决结果如何，我都准备接受。”

秀美声泪俱下地低头致礼。

“谢谢。”

古美门站在原地继续提问。

“……我想起之前我的助理律师黛曾说过这样的话：想要让欺凌现象从这个世界上消失，就让这场官司成为为此跨出的第一步！当时我嘲笑了她，因为我觉得这是不可能实现的。”

黛在一旁抬头看着古美门。

"敕使河原律师也曾对和彦说过，被欺负了，就要勇于面对，但是他所面对的对手，究竟是不是他勇于面对就能战胜的呢？"

敕使河原没有作答，他的表情中看不出任何反应。

"说起来，欺凌现象的本质又是什么呢？是施以暴行的学生？老师？还是学校？不，这些都不是本质。"

古美门将双手背在身后，走向旁听席。

"它不仅存在于教室，也存在于办公室、公司、家庭，甚至存在于这个国家的各个角落！平时，我们不得不察言观色、随波逐流，多数派通常自然就是正义，而意见相悖就会遭到排挤……因此，所谓欺凌的本质，是氛围！"

然后，古美门转身面向别府，继续自己的申诉。

"尤其是在我们这个国家，当所有人都从左往右、从右往左统一行动之时，那么，名为氛围的这个魔鬼便拥有了无比强大的力量。"

古美门朝着别府的方向又走了几步。

"在这个敌人面前，或许连法律都无能为力。它是一个足以吞噬一切且日渐壮大的可怕怪物，别说面对，就连逃离它都难之又难！也许藤井老师，不单是她，甚至连加害的青山他们，都是被这头怪物所吞噬的牺牲品吧！"

黛、敕使河原以及旁听席上的泽地都赞同古美门的观点。

"然而这一次，我看到了奇迹。一度被吞噬的人们撕开怪物的肚子，勇敢地站了起来，和彦、藤井老师、还有二年级C班的三十四名学生，这是需要多大的勇气、做出多少心理准备啊！但是，他们的确觉醒了，凭借自身的意志打破了这种氛围。我从他们身上看到了希望，同时也对自己感到羞愧。我深刻地感到，这个世界正在进步，永不停歇！”

古美门突然一个转身，看向证人席上的秀美。秀美也轻轻颔首。

“请允许我大胆预言，我们有能力将这个社会上所有的欺凌现象消灭殆尽。就让这次审判成为第一步吧！”

古美门沉稳地微笑着，又一次看向别府。别府仍是一副铁板脸孔，但古美门保持着微笑。

“我说完了。”

至此，法庭又一次沦为了古美门个人秀的舞台——

*

判决之日。

“判决如下，一、被告赔偿原告小暮和彦一亿日元，且自2015年1月15日起，每年支付百分之五的利息，直至款项付清为止。”

听着别府朗读的判决书，秀美满脸洋溢着喜悦，黛则低下了头。

“二、被告赔偿原告小暮秀美一千万日元……”

咦？秀美听到第二条时，两手捂住嘴巴，望向黛。黛回以她微笑，仿佛在说这是你应得的。黛的眼中也已噙满泪水。

古美门看了一眼敕使河原，后者始终表现得很绅士，点了点头表达自己的认同。

“庭审结束。”

随着别府的宣布，所有人都站了起来。

“跟你说的不一样啊！”

突然，会长一把拽住了井手。

“对不起……”

“对什么不起啊！”

与被告席截然相反的另一边是这样的情景。

“谢谢！”

秀美和黛哭泣着紧紧地抱在了一起。

古美门将视线转向别府，别府也在看着他。古美门抿嘴一笑，像是想起了什么，离开座位，登上前往法官席的几格台阶，来到别府的身边。

“你这个人还真爱乱来，不过判决结果还是很英明的。看起来，我们最初的邂逅似乎有点过于糟糕了。不如让我们重新开始吧？”

说完，古美门的手绕过了别府的肩膀。虽然总是绷着脸，但也不失为一个好女人。傲娇也是魅力之一嘛！古美门心里这么想着，凑了过去。但那只手立刻就被甩开了。

别府明显一脸不高兴。

“我发自内心地鄙视你，鄙视得都快吐了。只是这么和你说话，我都在浑身打颤。如果你再这么嬉皮笑脸地找我搭讪，我将以法官的身份使用一切法律手段惩治你！因此，我衷心地期望不会与你再有第二次见面的机会！”

别府挤出了仅有的一丝微笑，然后狠狠地用高跟踩了古美门一脚。

“Aie，ça fait mal！”

古美门这句法语说的是：“好痛！”他哇哇叫着跳了起来。这一脚正踩中了当初在法国酒店里被别府踩后留下的伤处，古美门差点在伤痛中昏厥过去。

别府并不在意古美门，迅速离开了法庭。

古美门一边单脚跳着一边下了台阶，正好遇上送完秀美跟和彦的黛。

“黛！她果然是个招人厌的女人啊！”

“她是一位很好的法官啊！”

黛的脸上尽是灿烂的笑容。

“哪里好了！像她那样，迟早会被开除！”

就在古美门承受着脚上的痛乱喊乱叫时，敕使河原走了过来。笔挺的灰色西装里面搭配着黑白条纹衬衫，一身行头非常潇洒。

“古美门律师，重大的一步，太精彩了！”

“此次作为你的律师首战，也算是精彩的。”

刚才还弓着身子疼得死去活来，这会儿，古美门突然挺直腰杆傲慢了起来。

“哪里哪里，不过，当律师还是很有意思啊。”

“今后您还继续留在三木律师那里？”

黛问道。

“不，我要离开，今后准备自己开一家律师行也说不准。”

“真是睿智啊，三木根本无法驾驭您。”

古美门说。

“那就再见了，后会有期。”

古美门牢牢地握住了敕使河原伸出来的手。

“你这手果然像米克·贾格尔。”

“请加油。”

黛期待而又忐忑地主动伸出了自己的手。

“啊，这双手……”

“您想起来了吗？我的手和谁比较相似？”

“我想起来了。这双手，很像游戏中心那个扳手腕机器的手啊。嗯，不会错。好了，那我就此告辞！”

敕使河原挥着一只手，离开了。

“……原来不是人的手啊……”

黛用笑容僵硬地目送敕使河原离开的背影。

*

这天晚上，三木独自一个人在办公室里呆呆地看着仓鼠沙织的照片。

“老师……”

泽地走过来，握住了三木的手。

“古美门……我一定要让你……”

泽地接过三木的上半句，补上了下半句：“下地狱……”

看着三木不高兴的表情，泽地急忙道歉，“啊，对不起，我经常听到这句话，一不自觉就……”

随后又急忙闭口不言。

“这么说，我总喜欢讲同样的话，是吧？”

“……才不是呢。我今天是第一次听到。”

泽地一本正经地假装完全不知道。

“是吧。”

“下地狱的说法，实在让我不寒而栗啊。”

泽地穿了一件领口开得很大的裙子，她再次向三木贴近，终于让他的心情好转起来。

*

几天之后，秀美母子前来拜访古美门。和彦已经不需要坐轮椅了，拄着一根拐杖就可以走路。服部将二人带到露台处，奉上茶水。

“这次真是承蒙你们关照了。”

“还是要搬走吗？”

黛问道。

“是的，虽然学校里的同学们都想要挽留这孩子，但我们还是决定去一个陌生的地方重新来过。”

“要搬去哪里呢？”

服部问起他们未来的住处，秀美羞涩地垂首看向地面。

“非常不好意思啊……是丰州的高层公寓。”

古美门他们三个都看着秀美，惊讶得直眨眼。

“今后我们母子二人也会俭朴地生活下去。那么，就此谢过你们了，谢谢。”

秀美还是一身朴素的装束，在花格子衬衫外套了一件卫衣，但手里拿的却是香奈儿的大型手提包。

“不客气。”

黛露出快要抽筋的笑容目送着离开的母子俩。这时，和彦拄着拐杖从走廊跛行着回来。

“律师先生……”

和彦抬头看着古美门。

“什么事？”

“过去了这么久，我想起了很多事情……跳下去看看这句话，也许是我自己说的。”

“嗯？”

黛一脸疑惑。

“我觉得自己好像能跳得过去……”

古美门等人的表情再度达成一致，全都张大了嘴，想合也合不上了。

“小和——”

秀美的声音从大门传来，和彦轻快地应了一声，跟着回去了。

“这是在开玩笑吗……但……但也可能是被欺负了之后，被逼到了一定的地步，不得不自己说出来的吧？”

黛问古美门。

“怎么样都无所谓。可以确定的是，初中男生基本上都是白痴。”

听着古美门的回答，黛一声长叹。

“总之，先用餐吧！”

说起来，这一天过得还真是混乱。自从那顿早午饭之后，古美门就没再吃过好东西。时间还早，不过服部应该在准备晚餐了。古美门和黛都满心欢喜地奔向餐桌，却见兰丸早已就坐，正大口大口地啃着牛排呢。

“我先开吃了哦。”

“你还真会占便宜啊！”

黛一边说一边自己也坐上了桌，不顾形象地大吃起来。

*

这时——

南老师康复出院，她再一次来到兔之丘中学，向校长提交了辞呈。

“那个……我即将解除校长职务，教育委员会的成员也会彻底更换……所以，你是否重新考虑一下？”

虽然校长一片诚挚，但是南老师的心意已决。她的嘴角露出微微一笑，向校长行了一礼，便离开了办公室。

她挺直了腰，一身飒爽地走出教学楼。

“老师！”

听到身后学生们的喊声和脚步声，回过头，只见二年级 C 班的学生们都追了上来，挡在自己面前的去路上。

“我们想最后再合唱一次！请您来指挥吧！”

青山递上了南老师钟爱的指挥棒。说起来，这根指挥棒一直都被扔在教室里……南老师直直地注视着这根充满了回忆的指挥棒。

“拜托了！”

所有人都低下了头，南老师微微一笑，从青山的手中接过指挥棒，然后在学生们面前举了起来。她笑着仰起头。

南老师举着指挥棒，摆好姿势，向着夕阳下的天空挥了几下，然后朝眼前的灌木丛用力劈了下去。咻地一声，一根小树枝被打断落在地上。真是非常结实的指挥棒。

“还是留给下一所学校的学生们吧。”

南老师嘴唇微启，露齿一笑，穿过人群从正门走了出去。

*

“古美门律师，我很感动呢。”

黛大口大口啃着面包，对古美门说。

“感动什么？”

“你之前在法庭上的结案陈词实在是太精彩了！有能力将所有的欺凌现象都消灭殆尽！我也深信不疑！果然你身上还存有作为律师的一份良知啊！”

“你在说什么？”

“别不好意思嘛。要是你就此改过自新，我觉得自己还是会考虑继续跟随你的。”

古美门品尝着服部斟上的红酒。

“听说藤井老师也已经完全康复了，嗯，一切都可喜可贺，可喜可贺！”

“她当然康复了！只不过是在窗框上贴了几条胶带，然后睡了个大觉罢了！”

古美门高声说。

“……啊？”

黛盯着古美门，怀疑自己听错了。

“你还是老样子啊，脑子是马粪海胆做的！服部，全都告诉她吧！”

古美门将解释的任务交给了身边的服部。

“藤井老师自杀未遂，是一场戏。”

服部郑重地说。

“啊？”

“为了让学生们挺身站出来，我派服部给她提了个建议。”

古美门加了一句，算是补充。

“不对啊，医生也说她情况危急……难道？……”

“那是我的内线。”

古美门咧嘴一笑。

“但……但是，整个房间里都充满了刺鼻的煤气味啊？”

“那不是煤气。”

“盐腌鲱鱼是也。”

服部从厨房拿来了个食品罐头。

“什么鱼？……”

“瑞典特产，鲱鱼罐头哦。”

他在黛面前缓缓打开了罐头。

“哇呀！”

一股熏天的臭气弥漫开来，黛、古美门、兰丸都捂着鼻子，逃去了露台。

“我让她把这个恐怖的罐头放得房间里到处都是。”

古美门一边咳嗽一边说。

“你们都让藤井老师做了些什么啊！”

黛吼叫着，完全不能相信眼前的事实。

“那位藤井老师很来劲啊。”

根据服部的描述，当他接到古美门的指示前往南老师的公寓进行沟通时，南老师手上正端着一罐汽酒，喝得醉醺醺的，嘴里还嚼着另一只手上的鱿鱼干。老师这活真不是一般人能干的，压力积累到极限，就成这样了。听了服部的解释，南老师笑得都快趴下了，连连赞同说，“太有意思了，就这么办，就这么办！”

黛简直快要失去对人类的信心！

“真是个大胆的人啊！”服部笑着说。

黛瞪着古美门：“……这次又把我骗了？”

“你的特长就是被我们骗！”

古美门捏着自己的鼻子。

“……但是，二年级C班的同学们确实是打破‘氛围’站出来了。他们才是希望！”

黛也不服输，极力争辩。毕竟她还是积极向上的。

“兰丸，你来告诉她吧。”

古美门对默默蹲在一边眯缝着眼睛的兰丸说。

“是这样的，那班上的学生之间喜欢传小纸条。”

“小纸条？”

黛又疑惑了。

在上某节课的时候，有张对折的小纸条悄悄在所有二年级C班的学生间传开。里面写的是“我觉得那是欺凌，有谁愿意和我一起作证？”笔迹像是出自某个女生之手。

过了一会儿，又有表示赞同的小纸条纷纷出现：“赞成！我也去作证！”“我也觉得那是欺凌。”

“就这样，全班学生都按照小纸条上的内容采取了行动。”

兰丸说完了。

“也就是说，那些小屁孩根本不是打破氛围，只是又一次随大流罢了！”

古美门重重地一屁股坐进露台上的椅子里，洋洋得意地仰头笑着看向黛。

“但……但是，我觉得第一个写小纸条的孩子，还是打破了氛围的呀！”

黛坚持己见。

“小纸条是我写的。”

服部解释说。

“啊啊啊啊……”

“为了学习初中女生的语气和字体，花了我整整一个晚上呢！”

看，就是这些——服部将纸篓里堆积如山的小纸条失败之作倒在桌上。五颜六色的纸片上用各式各样的笔写着长长短短的句子。黛随手拿起一张，上面用签字笔流畅地书写着“我认为是欺凌”，完全不像是中学生的字。随后，纸条上的字迹慢慢进化，直到出现了年轻女生的笔迹：“我觉得那是欺负……有谁愿意和我一起作证?”

“然后，我就……”

兰丸潜入正在上课的学校，从教室的后门悄悄伸手进去，将小纸条放在靠近走廊一侧最后座位上那个正在打盹儿的男生桌上，轻轻敲了几下手腕弄醒他。睁开眼睛的男生以为这纸条是大家传阅着的，看了内容之后就递给了前排的学生……

“你们……”

黛浑身无力。

“那个班级从一开始就没有什么带头的。氛围是谁制造出来的都无所谓。他们只是堕落的羊群，像墙头草一样，风往哪边吹，他们就往哪边倒。怎么可能会有希望?”

黛张大嘴巴，愣愣地盯着古美门。

“这就是现实。现实世界和童话世界不一样，不是那么轻易就能改变的！你说要把欺凌消灭殆尽？那简直就是天方夜谭好吗？你这个大笨蛋！”

古美门一口气说完，举起一只胳膊在房间里跑了起来，嘴里嚷嚷着。

“……综上所述，我要继续享受我的假期了！这回要不要去南方的小岛呢！想一起去的就来抓住我的手吧！黛，没你的份！”

“好好好！”

兰丸和服部纷纷站起来去抓古美门的手。

“……不，不是这样的！”

黛也追了过去，粗暴地挥开了古美门的手。

“你们要的那些花招都是多余的！就算不传小纸条，那些学生也会凭借自己的意志站出来！他们的的确确打破了氛围！”

“哦哦……这么解释也不无道理啊。”

服部配合着黛的想法说了一句。

“你就继续做梦吧，别醒过来了，多萝西同学！”

古美门嘲笑般地说。多萝西是儿童文学《绿野仙踪》中的主人公小女孩。她和整所房子一起被龙卷风吹去了很远的地方，为了回家，她前往魔法国寻找大魔法师奥兹……古美门嘲笑黛是个爱做梦的小女孩。

“……仔细想想，你对待我的各种言行不就是完完全全的欺凌吗？”

黛质问道。

“你连欺凌和教育都分不清吗？”

“是教育吗？”

“是啊，就是啊！恶意攻击的言辞，我一次都没说过啊。”

“啊，对了对了，前几天我从网上买到了很有意思的东西。”

服部打断了他俩的对话。

“买了什么？”

服部拿出来的是印有不动明王画像的马克杯和T恤。

“啊，这是田沼先生的不动明王！”

“他画的不动明王出人意料地大受欢迎，还吸引了好多人去参观……对了，听说那家寺院还擅自制作周边产品开始销售。”

“这涉嫌侵犯他人著作权啊！”

黛紧锁眉头。

“黛！即刻去说服这个涂鸦老头上诉，然后去帮他打官司！”

古美门在对黛大吼大叫。

“这次一定要赢！输了你就卷铺盖走人！就算一边当他的裸体模特一边照顾他的下半身都要把欠我的钱给还清！这样你那毫无价值的人生才会多少有点意义！明白了吗？！你这只笨瓜音痴大众脸小蝌蚪！”

“这绝对是欺凌！”

黛大声抗议。

“这是教育！”

古美门对黛说话的模样就像是模仿某部校园电视剧里的教师，随后是他的标准动作——手指顺着前刘海的流线一路滑行直到耳廓。